KB094561

Mr. WILLIAM
SHAKESPEARE

헨리 6세 2부
The First Part of the Contention of the Two Famous Houses of York and Lancaster

국립중앙도서관 출판시도서목록(CIP)

헨리 6세 2부 / 셰익스피어 지음 ; 김정환 옮김. — 서울 : 아침이슬, 2012
    p. ;   cm. — (셰익스피어 전집 ; 20)

원표제: The First Part of the Contention of the Two Famous
       Houses of York and Lancaster
원저자명: William Shakespeare
영어 원작을 한국어로 번역
ISBN 978-89-6429-128-3 04840 : ₩10000
ISBN 978-89-6429-132-0(세트)

영국 희곡[英國戱曲]

842-KDC5
822.33-DDC21   CIP2012004208

헨리 6세 2부
The First Part of the Contention of the Two Famous Houses of York and Lancaster
두 명문가 요크와 랭커스터의 다툼 1부

셰익스피어 지음 | 김정환 옮김

아침이슬

일러두기

운문과 산문 구분을 명확히 했고, 행갈이를 원문과 똑같이 맞추었다. 각 작품을 잘 쓰인
시집 한 권 대하듯 읽으면 적당할 것이다.

등장인물

왕쪽
헨리 6세 왕
마가릿 왕비
서포크 후작 후에 공작, 윌리엄 들라 폴, 왕비의 연인
글로스터 공작 험프리, 호국경. 왕의 삼촌
공작부인 글로스터 공작부인 엘리노어
보포트 추기경 윈체스터 주교, 글로스터의 삼촌이자 왕의 종조부
버킹검 공작
서머싯 공작
클리포드 컴버랜드의 늙은 영주
아들 클리포드

요크 공작 쪽
요크 공작
에드워드 마치 백작 ⎤
　　　　　　　　　　 ⎬ 그의 아들
리처드 곱사등이 ⎦
솔즈베리 백작
워릭 백작 솔즈베리의 아들

청원과 결투
청원자 두세 명
토머스 호너 병기공
피터 섬프 호너의 도제
세 이웃 호너에게 건배하는
세 도제 피터에게 건배하는

주술
손 흄 경　　 ⎤
　　　　　　　⎬ 사제들
존 사우스웰 ⎦
마저리 조던 마녀
로저 볼링브루크 주술사
애스너스 유령

가짜 기적
사이먼 심칵스
심칵스의 아내
세인트 앨번즈 시장
세인트 앨번즈 시 의원들
세인트 앨번즈 교구 치안 담당
세인트 앨번즈 시민들

엘리노어의 참회
글로스터의 하인들
두 런던 치안관
존 스탠리 경
전령

글로스터 살해
두 살인범
평민들

서포크 살해
해적 우두머리
선장
항해사
월터 위트모어
두 신사

케이드 반란

잭 케이드 요크 공작에게 매수된 켄트 사람

백정 딕

직공 스미스

목수   케이드를 따르는 자들

존

반도들

엠마누엘 체이텀 서기

험프리 스태포드 경

스태포드 동생

세이 대신

스케일즈 대신   반도의 손에 죽은 사람들

매슈 고우

하사관

런던 시민 서너 명

알렉산더 아이든 켄트의 시골 신사, 케이드를 죽이는

그 밖에

복스 전령

파발꾼

사자들

병사

시종들, 호위병들, 하인들, 병사들, 매사냥꾼들

대사에 나오는 외국 명

알타이아 그리스 신화 멜레아그로스의 어머니. 멜레아그로스를 낳자 운명의 여신들이 찾아와 난로 속에 장작 한 개를 넣고 아기 수명이 장작 수명과 같을 것이라고 예언하자 즉시 장작을 꺼낸 뒤 집안 은밀한 곳에 숨겨 두었다가 멜레아그로스가 장성하여 외삼촌들을 죽였다는 소식을 듣고 장작을 꺼내 불 속에 던지자 멜레아그로스는 보이지 않는 불길에 타올라 죽고 말았다.

케레스 로마 신화 곡물의 여신. 그리스 신화의 데메테르

애스너스 사탄(sathan)의 철자 순서를 바꾼 말

바실리스크 쳐다보거나 입김을 부는 것만으로도 사람을 죽일 수 있다는, 뱀과 같이 생긴 전설상의 괴물

디도 에네아스 일행이 카르타고에 도착했을 때 따뜻하게 맞아 주고 에네아스를 사랑했으나 끝내 버림받는 카르타고 여왕

주노 로마 신화 최고신 주피터의 아내

아이아스 텔라모니우스 그리스 신화에 나오는 트로이 전쟁의 영웅

메데아 그리스 신화에 나오는 마녀

제1막

그때 나는 높이 들어 올릴 테다 우윳빛 백장미를,
백장미는 달콤한 향기를 공중에 향수로 뿌리고,
나의 군기 속 요크의 문장을 품고,
한판 겨룰 것이야 랭커스터 가문과
그리고 마구 휘몰아쳐 강제로 그가 왕관을 내놓게 만들 테다,
그의 책상물림 통치가 당당한 잉글랜드를 끌어내렸으니.

1막 1장

궁정, 런던

나팔 팡파르, 그런 다음 오보에 팡파르. 한쪽 문으로 헨리 왕과 글로스터 공작 험프리, 서머싯 공작, 버킹검 공작, 보포트 추기경, 그리고 다른 사람들이, 다른 쪽 문으로 요크 공작, 서포크 후작, 마가릿 왕비, 그리고 솔즈베리 및 워릭 백작 등장

서포크 〔헨리 왕에게 무릎 꿇으며〕 높은 위용의 폐하 하명으로

제가 프랑스로 떠나면서 맡았던 책임은

폐하의 대리인으로서,

폐하 대신 마가릿 공주와 결혼식을 거행하는 것이었는바,

맡은 대로, 그 유명한 고도 투르에서,

임석한 프랑스 및 시칠리 왕,

오를레앙, 칼라브리아, 브레타뉴, 그리고 알랑송 공작,

백작 일곱 분, 남작 열두 분, 그리고 존경받는 주교 스무 분을 모시고,

제가 임무를 다하여 혼례를 치렀나이다,

그리고 이제 무릎 꿇고 엎드려,

잉글랜드와 그 군주다운 귀족들이 보는 앞에서,

넘겨드립니다 왕비와 맺은 제 칭호를

너무도 인자하신 폐하의 두 손, 제가 대신했던

그 위대한 심상의 핵심인 그것에—

이제껏 후작이 드렸던 역사상 가장 행복한 선물,

이제껏 왕이 받았던 역사상 가장 아름다운 왕비를.

헨리 왕 서포크, 일어나시오. 어서 오시오, 마가릿 왕비.

내가 표현할 수 있는 가장 자연스러운 사랑의 표식은

이 애정 어린 입맞춤이라오.

〔그가 그녀에게 입을 맞춘다〕

오 제게 생명을 주신 주여,

감사로 충만한 가슴도 주소서!

주께서 제게 주셨음입니다 이 아름다운 얼굴로

지상 축복의 세계를 제 영혼에,

서로 사랑하는 감정이 두 사람 생각을 하나로 합친다면.

마가릿 왕비 폐하를 향해 품은 제 사랑의 과잉이

금하옵니다 제 혀의 낭비를

혹시 여자다움 이상으로 말을 할까 봐서요.

이 말로 충분합니다. 제 축복은 폐하가 절 사랑하는 데 있고

그 어느 것도 초라한 마가릿을 불행하게 할 수 없습니다

찌푸린 얼굴, 강력한 잉글랜드 국왕의 그것 말고는.

헨리 왕 그녀 모습 정말 황홀하지만, 그녀 말의 우아함,

지혜의 위엄을 입은 그녀의 말은,

나를 떨어뜨리오 찬탄에서 눈물짓는 기쁨 속으로,

그러합니다 내 마음 만족의 충만함이.

경늘, 환호의 한 목소리로, 맞아 주시오 내 사랑을.

경들 〔무릎을 꿇으며〕 만수무강하소서 마가릿 왕비, 잉글랜드의 행
복이시여.

마가릿 왕비 모두 감사드리오.

　　화려한 취주. 그들이 모두 일어선다.

서포크 〔글로스터에게〕우리 호국경 나리, 괜찮으시다면,
　　이것이 조항들입니다 평화 조약,
　　우리 군주와 프랑스 왕 샤를 사이,
　　18개월로 합의 체결된 그것의.
글로스터 〔읽는다〕첫째: 합의한다 프랑스 왕 샤를과 윌리엄 들라
　　폴, 서포크의 후작, 헨리, 잉글랜드 왕의 대사는, 위 헨리가
　　숙녀 마가릿, 르네, 나폴리, 시칠리아, 그리고 예루살렘 왕의
　　딸과 결혼하고 그녀를 잉글랜드 왕비로 즉위시킬 것이다, 다
　　가오는 5월 30일 이전에.
　　둘째: 나아가 이렇게 합의되었다 둘 사이에 앙주 공작령과
　　마인 주를 해방시켜 넘길 것이다 왕, 그녀의 아ㅡ
　　　〔그가 문서를 떨어뜨린다〕
헨리 왕 삼촌, 왜 그래요?
글로스터 용서하소서, 자애로우신 폐하.
　　어떤 급작스런 통증이 가슴을 치고
　　제 눈을 흐리게 하여 더 이상 읽을 수가 없나이다.
헨리 왕 〔보포트 추기경에게〕윈체스터 삼촌, 삼촌이 읽어 주세요.
보포트 추기경 〔읽는다〕둘째: 나아가 이렇게 합의되었다 둘 사이에
　　앙주 공작령과 마인 주를 해방시켜 넘길 것이다 왕, 그녀의
　　아버지에게, 그리고 그녀를 보낼 것이다 잉글랜드 왕 자신의
　　비용과 경비로, 지참금 없이.
헨리 왕 좋네요. 〔서포크에게〕후작 경,

무릎을 꿇으시오.

〔서포크가 무릎을 꿇는다〕

짐은 이 자리에서 그대를 봉하노라 초대 서포크 공작으로,

그리고 그대에게 칼을 내리노라.

〔서포크가 일어선다〕

요크 친척,

짐은 이 자리에서 그대의 프랑스 내 영국령

섭정직을 면해 주노라 18개월의 기간이

온전히 종료될 때까지. 고맙소 윈체스터 삼촌,

글로스터, 요크, 버킹검과, 서머싯,

솔즈베리, 그리고 워릭.

짐은 그대들 모두에게 감사하오 이토록 크나큰 호의로

나의 군주다운 왕비를 맞아 준 것에.

자, 들어가십시다. 그리고 전속력으로 채비합시다

왕비의 대관식을 치를 수 있도록.

헨리 왕, 마가릿 왕비, 그리고 서포크 퇴장. 글로스터가 나머지 모
두를 남게 한다.

글로스터 용감한 잉글랜드의 귀족들, 국가의 대들보들이여,

여러분께 험프리 공작은 털어놓아야겠소 그의 슬픔을,

여러분의 슬픔, 온 나라 공통의 슬픔을 말이오.

정말이지—내 형 헨리 5세가 쏟아붓지 않았소 그의 청춘을,

그의 용기를, 돈을, 그리고 백성을 전쟁에?

그토록 자주 지붕 없는 벌판에 기거하지 않았소

겨울의 추위와 여름의 타는 더위 속에

프랑스, 그의 진정한 상속 영토를 정복하기 위해?
그리고 나의 형 베드포드가 머리를 짜내지 않았소
헨리가 얻은 것을 정치력으로 지키기 위하여?
그대들 스스로도, 서머싯, 버킹검,
용감한 요크, 솔즈베리, 그리고 승리의 워릭,
깊은 상처를 입지 않았소 프랑스와 노르망디에서?
혹은 내 삼촌 보포트와 내 자신이,
왕국의 모든 학식 높은 추밀원 자문들과 함께
그토록 오래 연구하지 않았소, 추밀원에 앉아
이른 때나 늦은 때나, 앞뒤로 토론하지 않았소
어떻게 프랑스와 프랑스인들을 계속 복종시킬지,
그리고 어리신 폐하를
파리에서 적들을 무릅쓰고 등극시키지 않았소?
그런데 이 모든 수고와 명예들이 죽어야 한단 말이오?
헨리의 정복이, 베드포드의 경계가,
그대들의 전공이, 그리고 온갖 우리들의 자문이 사라진다?
오 잉글랜드 귀족들, 치욕적이오 이 동맹은,
치명적이오 이 결혼은, 그대들의 명성을 취소하고,
그대들의 이름을 기념의 책에서 가리고,
그대들 명성의 기록을 지우개로 지우고,
정복된 프랑스의 기념비들 표면을 마멸시키고,
모든 것을, 모든 것이 존재치 않았다는 듯 취소할 테니.

보포트 추기경 조카, 어인 일인가 이 격정적인 언술,
이렇게 시시콜콜 장황한 웅변조는?
프랑스로 말하자면, 우리 것이지 계속 그렇게 하면 될 일.

글로스터 암요, 삼촌, 지켜야죠 그럴 수 있다면―

　　　하지만 이제 지키는 게 불가능해졌어요.

　　　서포크, 오늘 새로 공작에 봉해진 그자가 좌지우지,

　　　앙주 공작령과 마인을 줘 버렸거든요,

　　　보잘것없는 르네 왕, 그 과장된 칭호가

　　　자기 지갑의 빈약함과 어울리지 않는 그자한테.

솔즈베리 만인을 위해 돌아가신 그분의 죽음을 걸고 말하지만,

　　　이 양 주는 노르망디의 열쇠였소―

　　　근데 왜 우는 것이냐 워릭, 내 용감한 아들은?

워릭 그것들을 회복할 수 없다는 슬픔 때문에 웁니다.

　　　그것들을 다시 정복할 희망이 있다면

　　　제 칼이 뜨거운 피를 흘릴 일, 제 눈이 눈물 흘릴 일은 아니
죠.

　　　앙주와 마인? 내 자신이 얻었소 두 주 모두!

　　　그 지방을 내 이 두 팔이 정복했단 말이오―

　　　그런데 내가 상처로 얻은 도시들을

　　　평화의 언사로 다시 갖다 바쳐?

　　　프랑스 놈들 선서대로 하나님의 죽음을 걸고!

요크 서포크 공작은 무슨 숨 막혀 죽을,

　　　이 호전적인 섬의 명예를 흐려논 자가!

　　　프랑스는 내 심장 자체를 찢어발겨야 할 거요

　　　내가 이 동맹에 순순히 응하느니.

　　　내가 읽은 바로는 늘 잉글랜드 왕들이

　　　아내와 함께 많은 액수의 금화와 혼인 지참금을 받았소―

　　　그런데 우리 헨리 왕께서는 자기 것을 내주시는군,

아무 지참금도 없는 그녀와 결혼하기 위해서 말이오.

글로스터 제대로 웃기는 일이지, 전대미문이고,

서포크가 15분의 1조 전체를 요구하다니,

그녀를 운반해 오는 비용과 경비로!

그녀는 프랑스에 남아 프랑스에서 굶어 죽어야 하는 건데

이렇게 되느니―

보포트 추기경 글로스터 경, 그렇게까지 화를 내다니!

우리 주군 국왕께서 좋아하시는 일이거늘.

글로스터 우리 윈체스터 경, 난 경의 마음 알지요.

내 말이 아녜요 경이 언짢아하시는 것은,

내 존재 자체가 불편하신 거죠 경은.

증오는 드러나기 마련. 오만한 고위 성직자, 당신 얼굴에서

난 당신의 분노를 봅니다. 내가 더 머문다면

우리는 우리의 오래된 말다툼을 시작하게 될 터―

하지만 내가 가지요, 당신한테 말할 짬을 드리고요.

영주분들, 잘 지내시고, 내가 가면 말씀들 나누시오,

내 예언컨대 우리는 오래잖아 프랑스를 잃을 것이오. 〔퇴장〕

보포트 추기경 하여, 우리 호국경이 저리 치를 떨며 가시는군.

여러분은 아시죠 그가 나의 적이라는 것을,

허나, 그 이상입니다. 여러분 모두의 적이죠.

그리고 대단한 친구가 아녜요, 우려컨대, 왕에게도.

생각해 보시오, 경들, 그는 왕족 서열 1위고,

왕위 예상 후계자 아닙니까.

설령 헨리가 제국을 그의 결혼으로 얻는단들,

서쪽의 온갖 부유한 왕국들까지 얻는단들,

까닭이 있는 거죠 그가 그것을 언짢아하게 될.

조심하세요, 영주분들—그의 아첨 떠는 말에 마음을

매혹당하면 안 돼요. 현명하고 신중하셔야죠.

비록 평민들은 그를 총애하여

그를 '험프리, 훌륭하신 글로스터 공작'이라 부르고,

손뼉을 치고 고래고래 악을 쓰며

'예수께서 저하를 지켜 주시기를!' 하고

'하나님 우리 험프리 공작을 지켜 주소서!' 하지만

아무래도 나는, 영주분들, 이 모든 미관에도 불구하고,

그가 드러날 것 같소 위험한 호국경으로.

버킹검 왜 그런데 그가 보호하겠다는 거요 우리 주군을,

그분이 스스로 다스릴 나이가 되었는데도?

서머싯 친척, 나와 힘을 합칩시다,

그리고 모두 한데 뭉쳐, 서포크 공작과 함께

하루 빨리 쫓아냅시다 험프리 공작을 그 자리에서.

보포트 추기경 이런 중차대한 문제를 지체할 수 없소—

내 당장 서포크 공작한테 가리다. 〔퇴장〕

서머싯 친척 버킹검, 설령 험프리의 오만과

그의 중책이 우리에게 슬픔이란들,

우린 잘 살펴야 하오 그 거만한 추기경을.

그의 오만방자는 더 참기 힘드오

왕국 내 그 밖의 군주들 모두를 합친 것보다.

글로스터기 물러나면, 그가 호국경에 오를 거요.

버킹검 그대 아니면 내가, 서머싯, 호국경이 될 거요,

험프리 공작이든 추기경이든, 불구하고.

솔즈베리 오만이 앞서 가고, 야욕이 그 뒤를 따른다더니.
 이자들은 자기들 직위 상승을 위해 수고하라 놔두고
 우리는 왕국을 위해 수고하는 게 좋겠소.
 내가 볼 때 언제나 글로스터 공작 험프리는
 고결한 신사처럼 행동하더군.
 여러 번 보았지 거만한 추기경은,
 무슨 군인 같아요. 종교인이라기보다,
 콧대 높고 오만한 게 마치 자기가 만인의 주인이라는 투고,
 욕할 때는 불량배가 따로 없고, 행동거지가 영
 공공복리를 다루는 사람 같지가 않아요.
 워릭, 내 아들, 내 나이의 위로인,
 너의 공적, 너의 정직, 너의 환대는
 평민들의 가장 거대한 총애를 얻었다,
 훌륭한 험프리 공작 말고는 가장 크지.
 그리고, 요크 형제, 아일랜드에서 그대가 해낸,
 문명화 질서 확립 업적,
 프랑스의 심장에서 이룩된 공적,
 그대가 우리 주군을 대리한 섭정이었을 때 이룩한 그것은,
 백성으로 하여금 그대를 외경케 하였소.
 내 나이와 네빌이란 이름에 대한 존중은
 적지 않은 힘이오 내가 명한다면.
 우린 한데 합쳐야 해 공익을 위해,
 할 수 있는 걸 하는 거야 고삐 당기고 억눌러야지

서포크와 추기경의 오만을

그리고 서머싯과 버킹검의 야욕을,

그리고, 되도록, 험프리 공작 일에 힘을 보태는 거야

그것이 정말 나라의 이익을 증진시키는 일인 한.

워릭 그렇게 하나님 워릭을 도우소서, 그는 사랑하노니, 나라와

조국 공통의 이익을!

요크 요크의 말도 그렇소. 〔방백〕 그의 이유가 가장 크니까.

솔즈베리 그렇다면 가자꾸나, 가서 살펴보자 주요 판돈을.

워릭 주요 판돈? 오, 아버지, 마인은 사라졌어요!

그 마인, 주력군을 동원하여 워릭이 따냈고,

숨이 붙어 있는 한 지키려 했던 주요 판돈 마인이!

주요 현안이겠지요, 아버지 말씀은─하지만 전 마인이고,

그걸 프랑스한테 따내든지 도륙당하든지 둘 중 하납니다.

　　　　워릭과 솔즈베리 퇴장. 요크는 남는다.

요크 앙주와 마인은 프랑스한테 내주었고,

파리는 잃었고, 노르망디 공국은

불안한 시점이다 그것들이 사라진 지금.

서포크가 합의 사항을 결정했고,

귀족들이 합의했고, 헨리는 아주 흡족하여

바꾸는군 두 공작령을 한 공작의 아름다운 딸과.

그들 모두를 비난할 수는 없지─뭐야 그것들이 그들한테?

네 자신 것이다 그들이 줘 버린 것은 그들 자신의 것 아니라!

해적들이야 노략품을 헐값에 팔아넘기고,

친구를 사고, 고급 창녀한테 갖다 바치고,

계속 군주처럼 먹고 마시고 다 써 버려도 그만이지,
반면 하릴없는 화물 소유주는
그것 때문에 울고, 자신의 재수 없는 손목을 비틀고,
머리를 흔든다. 그리고, 몸을 떤다, 홀로 떨어져,
모든 것이 분배되고 모든 것이 실려 가는 동안,
굶어 죽을 작정일 뿐, 자기 것을 만져 볼 엄두도 못 낸다.
요크도 그렇게 안절부절 앉아서 제 혀를 깨무는 거지
자신의 땅이 거래되고 팔리는데도.
내 생각에 잉글랜드, 프랑스, 그리고 아일랜드 영토가
내 살과 피와 맺고 있는 관계는
알타이아가 태워 버린 그 치명적인 타다 만 통나무와
훗날 그것이 다 타자 멈춰 버린 칼리돈 왕자 심장의 관계다.
앙주와 마인을 둘 다 프랑스한테 갖다 바치다니!
내게는 언짢은 소식—난 프랑스를 가질 가망이 있었거든,
비옥한 잉글랜드 땅을 차지할 것과 꼭 마찬가지로.
언젠가는 올 것이다 요크가 자기 것을 요구하게 될 날이,
그리고 그러므로 난 네빌 가문 편에 들어,
사랑을 보이겠다 오만한 험프리 공작에게,
그리고, 기회가 보일 때, 왕관을 요구해야지,
그것이야말로 내가 맞추려는 황금 과녁이니까.
오만한 랭커스터도 내 권리를 찬탈하면 안 되지,
왕홀을 어린애 같은 제 주먹에 쥐고 있어도 안 되고,
왕관을 제 머리에 쓰고 있어도 안 되고 말이지,
그의 신앙 독실한 기질은 왕관에 맞지 않거든.
그렇다면, 요크, 잠시 잠자코 있으라 때가 정말 좋을 때까

지.

　깨어 있으라 너는, 그리고 남들이 잘 때 일어나

　파고드는 거야 국가 기밀 속을—

　그러다 보면 헨리는, 사랑의 기쁨을 포식한 상태,

　그의 새 신부, 비싸게 사들인 잉글랜드 왕비와 말이지,

　그리고 험프리는 귀족들과 버성기겠지.

　그때 나는 높이 들어 올릴 테다 우윳빛 백장미를,

　백장미는 달콤한 향기를 공중에 향수로 뿌리고,

　나의 군기 속 요크의 문장을 품고,

　한판 겨룰 것이야 랭커스터 가문과

　그리고 마구 휘몰아쳐 강제로 그가 왕관을 내놓게 만들 테
다,

　그의 책상물림 통치가 당당한 잉글랜드를 끌어내렸으니.

　　　퇴장

1막 2장
글로스터 공작 저택, 런던

글로스터 공작 험프리와 그의 아내 공작부인 엘리노어 등장

공작부인 왜 그리 축 처지셨소 여보, 너무 영근 곡식 낱알이
　　　　케레스의 풍요로운 수확 때 머리를 수그리듯?
　　　　왜 그 위대한 험프리 공작께서 이맛살을 찌푸리는 게요,
　　　　세상의 총애가 불쾌하다는 듯이?
　　　　왜 당신 두 눈을 찌무룩한 땅바닥에 고정시키고
　　　　응시하는 게요 당신 시력을 흐리게 하는 것 같은 그것을?
　　　　뭐가 있는데 그러시오? 헨리 왕의 왕관이오,
　　　　세상의 온갖 명예로 치장된?
　　　　그렇다면, 계속 뚫어져라 보시고, 넙죽 엎드리시우,
　　　　당신 머리를 같은 게 둘러쌀 때까지.
　　　　손을 내밀어야지, 뻗어야지 그 영광스러운 황금에,
　　　　뭐라, 너무 짧다구? 내 손으로 늘려 드리지,
　　　　그리고 둘이 함께 그것을 들어 올린 다음,
　　　　우리 둘이 함께 머리를 하늘로 쳐드는 거유
　　　　그리고 결코 다시는 우리 시야를 낮추어
　　　　땅바닥을 힐끗 내려다보는 일 없도록 하자구요.

글로스터 오 넬, 상냥한 넬, 당신 남편을 사랑한다면,

　　　쫓아 버려요 야욕에 젖은 생각의 암 덩어리를!

　　　그리고 언제든 내가 나쁜 생각을

　　　나의 왕이자 조카, 미덕이 넘치는 헨리에게 품게 된다면

　　　그것이 나의 마지막 숨 되리니 이 필멸 세상에서!

　　　어젯밤 꾼 어수선한 꿈 때문에 우울한 것이거늘.

공작부인 무슨 꿈을 꾸셨나 우리 남편? 말해 보시오 그러면 내

　　　보상하리라 달콤한 내 아침 꿈 얘기로.

글로스터 아마 이 지팡이, 궁정에서 내 직책의 권표인 그것이

　　　부러졌지 둘로―누가 그랬는지는 잊어버렸소,

　　　하지만, 아마도, 추기경이었던 것 같아―

　　　그리고 부러진 지팡이 위에

　　　놓이더라고 머리통, 에드먼드, 서머싯 공작의,

　　　그리고 윌리엄 들라 폴, 서포크 초대 공작의 그것이.

　　　이게 내 꿈이었소―무슨 조짐인지, 하나님만 아시겠지.

공작부인 춧, 뭐긴 뭐겠소 증거지

　　　글로스터의 숲에서 나뭇가지를 꺾는 자

　　　그 주제넘음으로 하여 목을 잃으리라는.

　　　하지만 내 말 들어봐요, 나의 험프리, 우리 공작 여보.

　　　내가 위엄의 의자에 앉았던 것 같소

　　　웨스트민스터 성당에서,

　　　왕과 왕비들이 대관식을 치르는 그 옥좌에 말이우,

　　　거기서 헨리와 마가릿 귀부인이 내게 무릎을 꿇고,

　　　내 머리에 왕관을 얹더란 말이지.

글로스터 이런, 엘리노어, 그렇다면 내 당장 꾸짖어야겠소.

주제넘은 여인이로다! 버릇없이 큰 엘리노어!
당신은 왕국의 2인자 여인이자,
호국경이 사랑하는 호국경 부인 아니시오?
당신이 누리고 있는 세속적 즐거움은
당신 상상이 못 미치고 못 감당하는 바이잖소?
그런데도 당신은 계속 반역을 망치질로 두들겨 내어
곤두박질시키려는 거요 당신 남편과 당신 자신을
명예의 꼭대기에서 치욕의 발치로?
물러가시오. 그리고 더 이상 그런 말 마시오!

공작부인　뭐라, 뭐라구요, 당신? 그리 화를 내십니까
엘리노어한테, 그녀가 자기 꿈 얘기를 했다고?
다음부터는 내 꿈을 나 혼자 간직하겠소
괜히 야단맞을 거 없이.

글로스터　그만, 화내지 마오, 난 다시 기분이 풀렸으니.

　　　　　사자 등장

사자　호국경 저하, 폐하께서 분부하시는 바
말을 채비시켜 세인트 앨번즈로 오시랍니다.
거기서 왕과 왕비께서 매 사냥을 하시겠노라고.

글로스터　가겠다. 당신도, 넬, 말을 타시겠소 우리와 함께?

공작부인　그러죠, 착하신 주인 양반, 곧 뒤따르리다.

　　　　〔글로스터와 사자 퇴장〕

뒤따라야지 내가 앞서갈 수는 없다 이거지
글로스터가 이렇게 비굴하고 변변찮게 구는 한.
내가 사내라면, 공작이고, 혈통 서열 2위라면,

난 이 지리한 장애물들을 제거해 버리고

탄탄대로 내 길 갈 게야 머리 없는 그자들의 목을 밟으며.

그리고, 여자지만, 난 꾸물대지 않겠어

내 역할을 해야지 운명의 여신이 이끄는 변전의 연속극에서.

〔안에서 부르는 소리〕

거기 누구냐? 존 경! 아니, 괜찮아요.

우리뿐이요. 아무도 없소 그대와 나 말고는.

존 흄 경 등장

흄 예수께서 마마를 지켜 주시기를.

공작부인 무슨 소리요? 마마? 난 '각하 부인'일 뿐이요.

흄 하지만 하나님의 은총과 흄의 조언으로

각하 부인 호칭은 마마로 올라가리이다.

공작부인 그래 어찌되었소, 사제? 벌써 만나 본 거요

마저리 조던, 아이에 사는 마녀 무당과

로저 볼링브루크, 그 주술사를?

그들이 나를 도와주겠답디까?

흄 그들이 약속한 내용은 이렇습니다. 전하께 보여 드리겠다

지하 심연에서 불려 온 유령 하나를

그 유령이 답해 줄 것이다 질문들,

마마께서 그에게 던지는 질문들에.

공작부인 그만하면 되었소. 내 질문을 생각해 보지.

세인트 앨번즈에서 우리가 돌아왔을 때

이 일을 마무리 짓도록 합시다.

엣소. 〔그에게 돈을 주며〕 보답이오. 유쾌히 지내야지, 사제,
이 중대사에 함께한 당신 공모자들과. 〔퇴장〕

흄   흄이 유쾌히 지내라 이거지 공작부인 금화로.
물론이지, 그래야 하고. 하지만, 이제 어쩐다, 존 흄 경은?
입을 봉해야지, 그리고 아무 말도 않고 지키는 거야 침묵을,
이 사업은 말 없는 비밀을 요하거든.
귀부인 엘리노어가 금을 준다 마녀를 데려오라고.
황금이 달갑지 않을 리가 있나 설령 그녀가 악마란들.
하지만 난 다른 해안에서 배 들어오는 황금이 또 있다나―
감히 내 입으론 말 못해요 돈 많은 추기경과
그 위대한 신 서작 서포크 공작한테서 나온다고.
하지만 그렇게 되어 있단 말씀. 왜냐면, 분명히 말해서,
그들이, 귀부인 엘리노어의 치솟는 야욕 기질을 알고,
고용했거든 나를 나더러 공작부인 밑을 파고,
이 주문을 그녀 두뇌에 속삭여 주라고 말이지.
'솜씨 좋은 놈은 중개인이 필요 없다'지만,
나는 서포크와 추기경의 중개인이란 말씀.
흄, 조심하지 않으면 너 자칫
그 두 사람을 한 쌍의 솜씨 좋은 놈이라 부를 수도 있단다.
어쨌든, 그런 상황이다. 그리고 이리하여, 아무래도, 결국
흄의 악행은 공작부인의 파멸이고,
그녀의 유죄 판결은 험프리의 몰락이겠군.
일이 어떻게 되든, 난 모두한테서 금을 받겠고.

    퇴장

1막 3장

궁전, 런던

병기공 도제 피터, 두세 명의 다른 청원자들과 함께 등장

첫 번째 청원자 선생들, 가까이 모여 있습시다. 우리 호국경 나리
　　께서 이리로 천천히 지나가실 테니 그때 우리가 청원을 집단
　　으로 올릴 수 있겠죠.

두 번째 청원자 물론, 주께서 그를 보호해 주시기를, 훌륭하신 분
　　이니까요. 예수께서 축복해 주소서.

서포크 공작과 마가릿 왕비 등장

첫 번째 청원자 저기 오시는 것 같소, 왕비님과 함께. 내가 먼저 뵐
　　거요, 물론.

그가 서포크와 왕비를 만나러 간다.

두 번째 청원자 돌아와, 멍청이—이건 서포크 공작이지 우리 호국
　　경 나리가 아냐.

서포크 〔첫 번째 청원자에게〕 무슨 일인가, 자네—내게 볼 일이 있는
　　가?

첫 번째 청원자 부디, 나리, 용서하소서—공작님이 우리 호국경 나
　　리인 줄 알았습니다.

마가릿 왕비 〔그의 청원서를 보며, 그녀가 읽는다〕 '우리 호국경 나리
께'―그분께 드리는 네 청원이냐? 내가 좀 보자꾸나.

〔그녀가 첫 번째 청원자의 청원서를 잡아챈다〕

무슨 내용이냐?

첫 번째 청원자 제 청원은, 괜찮으시다면, 존 굿맨, 우리 추기경의
부하를 고발하는 내용입니다, 제 집과 땅과 마누라와 모든 것
을 빼앗아 갔으니까요.

서포크 네 아내까지? 그건 정말 잘못했구먼. 〔두 번째 청원자에게〕
네 청원은?

〔그가 청원서를 잡아챈다〕

이게 뭐지? 〔읽는다〕 '서포크 공작을 고발한다 멜포드 공유
지에 담을 둘러 사유화한 혐의!' 〔두 번째 청원자에게〕 이게 뭐
냐, 이놈?

두 번째 청원자 아아, 나리, 전 불쌍한 청원자일 뿐입니다 우리 읍
전체의.

피터 〔자신의 청원서를 내밀며〕 제 주인, 토머스 호너를 고발합니다,
요크 공작이 정당한 왕위 계승자라고 했어요.

마가릿 왕비 그게 무슨 말이냐? 요크 공작이 자기가 정당한 왕위
계승자라 말했다고?

피터 제 주인이 왕위 계승자요? 아니요, 그럴 리가, 제 주인이
말했다구요 그가 계승자고 왕은 찬탄자라고.

마가릿 왕비 찬탈자겠지.

피터 예, 그럼요―찬탈자.

서포크 〔안으로 부르며〕 거기 누구 있느냐?

〔하인 등장〕

이 친구를 들이고 경관을 보내 그의 주인을 데려오너라 즉
시. 〔피터에게〕 네 청원에 대해 왕 앞에서 더 들어 보자꾸나.

하인, 병기공 도제 피터를 데리고 퇴장

마가릿 왕비 〔청원자들에게〕 그리고 너희 우리 호국경 저하의
날개 아래 보호받기를 좋아하는 너희들은,
내용을 새로 적어 그에게 청원하거라.
〔그녀가 청원서들을 찢는다〕
물러가라, 허드렛것들! 서포크, 저들을 가게 하시오.
모든 청원자들 가요, 가십시다.

청원자들 퇴장

마가릿 왕비 우리 서포크 경, 말해 봐요, 이게 관행인가요?
이것이 풍습인가요 잉글랜드 궁정의?
이것이 브리튼 섬의 정부고,
이것이 알비온 왕의 위엄인가요?
아니, 헨리 왕이 여전히 학생 노릇인가요,
그 지르퉁한 글로스터의 통치 아래?
내가 왕비 칭호를 갖고 왕비로 불리면서
신하가 되어야 한단 말인가요 일개 공작의?
말씀드리거니와, 폴, 투르 시에서
당신이 내 사랑의 명예를 위해 마상 창시합에 참가,
쁘랑스 숙녀들의 마음을 훔쳐 갔을 때,
나는 생각했어요 헨리 왕이 당신을 닮았을 거라고
용기와, 궁정예절, 그리고 체격에서.

하지만 그의 마음은 온통 거룩함에 쏠려 있죠,
염주를 돌리며 아베마리아를 세는 것에.
그의 승리의 용사는 예언자와 사도들,
그의 무기는 성경의 거룩한 말씀,
그의 서재가 그의 마상 창시합 경기장, 그리고 그의 사랑은
멋대가리 없는 놋쇠 성상들이죠, 시성된 성인들의.
나는 추기경 회의에서
그를 교황으로 선출하여, 로마로 데려갔으면 좋겠어요,
그리고 세 겹 왕관을 그의 머리에 씌어 주라죠—
그게 그의 거룩함에 맞으니까.

서포크 마마, 진정하소서—저 때문에
마마께서 잉글랜드로 오셨으니, 제가
잉글랜드에서 마마를 온전히 만족시켜 드리다.

마가릿 왕비 건방진 호국경 말고도 또 있잖아요 보포트
그 오만한 성직자, 서머싯, 버킹검,
그리고 투덜대는 요크까지, 이 중 가장 미약한 자조차
잉글랜드에서 왕보다 더 능력이 있구요.

서포크 그리고 그중 가장 능력 있는 자라도
잉글랜드에서 네빌 가문 만큼은 못 되지요.
솔즈베리와 워릭은 만만한 귀족이 아닙니다.

마가릿 왕비 이 모든 군주들을 합쳐도 성가신 게 반도 안 돼요
그 콧대 높은 귀부인, 호국경의 아내에 비하면.
그녀가 귀부인 시녀 부대를 이끌고 궁정을 휩쓰는 것이
험프리 공작 아내라기보다는 여황제 같다니까.
궁정에 처음 온 사람은 정말 그녀를 왕비로 안다니까요.

공작 재산을 뽐내듯 화려한 의상을 걸치고,
마음속으로는 비웃죠 우리의 빈곤을.
살아생전 그녀한테 복수할 길이 없을까요?
야비하고 비천한 출신의 창녀 주제에,
그녀가 일전에 허풍을 떨더라구요 추종자들한테
그녀가 입는 가장 값싼 야회용 드레스만 모아도
내 아버지의 땅 전체보다 더 값이 나갔는데,
서포크가 공작령 두 개를 그의 딸에게 준 거라고 말예요.

서포크 마마, 이 몸이 그녀 잡을 끈끈이를 숲에 발라 놓고,
아주 매혹적인 새들 합창대를 배치해 놓았으니
그녀는 횃대로 내려와 그들의 노래에 귀를 기울일 것이고,
결코 날아올라 마마를 다시 괴롭히지 못할 겁니다.
그러니 그녀는 놔두시죠 그리고, 마마, 제 말 잘 들으세요.
제가 감히 이 문제에 조언을 드릴 것이니.
비록 우리는 추기경이 못마땅하지만,
그래도 우리는 힘을 합쳐야 해요 그와 그리고 영주들과
우리가 험프리 공작한테 치욕을 안길 때까지는.
요크 공작에 대해서는, 최근의 이 고발이
별 이익이 되지 못할 테고.
그렇게 하나씩 그 잡초들을 뽑아냅시다 결국은 모두,
그러면 마마가 잡게 될 겁니다 행복한 키를.

등장 나팔 소리 헨리 왕, 요크 공작과 시머싯 공작을 양 옆에 두고, 서머싯과 속삭이며 등장. 또한 글로스터 공작 험프리, 글로스터 공작부인 엘리노어, 버킹검 공작, 솔즈베리 및 워릭 백작, 그리고 윈체스터 주교 보포트 추기경 등장

헨리 왕 나로서는, 고결한 경들, 아무래도 좋소.

　　서머싯이든, 요크든, 모두 내겐 하나니까.

요크 요크가 프랑스에서 잘못 행동한 것이라면

　　그렇다면 그에게 섭정 직위를 내리지 마소서.

서머싯 서머싯이 그 직위에 오를 자격이 없다면

　　요크를 섭정으로 임명하소서—제가 양보하겠나이다.

워릭 공작께서 자격이 있든, 그렇지 않든,

　　그건 논하지 마시오. 요크가 더 자격이 있소.

보포트 추기경 무엄하오 워릭 백작, 선임들 말하는 자리에.

워릭 전장이라면 추기경도 내 선임이 아니오.

버킹검 지금 계신 분들 모두 당신 선임이오, 워릭.

워릭 앞일은 모르는 법.

솔즈베리 그만하고, 아들, [버킹검에게] 이유를 말해 보시오, 버킹
검,

　　왜 서머싯이 이 일에 등용되어야 하는지.

마가릿 왕비 왜냐면 왕께서, 정말, 그리하고자 하시니까요.

글로스터 마마, 국왕께서는 충분히 장성하시어

　　직접 의견을 말하실 수 있어요. 아녀자가 나설 일이 아니죠.

마가릿 왕비 왕께서 장성하시다면, 왜 공작께서 굳이

　　폐하의 호국경 노릇이랍니까?

글로스터 마마, 저는 왕국의 호국경이고,

　　폐하가 원하신다면 사임할 것입니다.

서포크 그렇담 사임하시오, 오만한 짓 그만두고.

　　왜냐면 당신은 왕이었소—당신 말고 누가 왕이오?—

　　왕국은 나날이 난파되고 있소,

도핀은 바다 너머 육박해 오기에 이르렀고,

왕국의 모든 유력자와 귀족들이

흡사 노예 신세였소 당신의 통치권에.

보포트 추기경 〔글로스터에게〕 평민들 세금이 과중했고, 성직자들 지갑은

홀쭉하고 야위었지 당신의 부당 착취로.

서머싯 〔글로스터에게〕 당신의 으리으리한 저택과 당신 아내의 의상은

국고를 엄청 탕진했소.

버킹검 〔글로스터에게〕 당신의 법 집행은 가혹하여

범법자를 법 이상으로 처단하였으니

이제 당신이 법의 심판을 받을 밖에.

마가릿 왕비 〔글로스터에게〕 당신이 프랑스 도시 및 벼슬을 팔아먹은 행위는—

그것이 알려진다면, 혐의가 상당하오만—

당신을 즉각 머리 없이 팔짝팔짝 뛰는 꼴이 되게 할 것이오.

　　　　〔글로스터 퇴장

　　　마가릿 왕비가 부채를 떨어뜨린다〕

　　〔공작부인에게〕 내 부채 좀 집어 다오—아니, 이년, 못하겠어?

　　　　〔그녀가 공작부인의 뺨을 때린다〕

　　이를 어째, 부인! 부인이셨나요?

공작부인 나였냐구? 그래, 나였다, 오만한 프랑스 여인!

내가 내 손톱을 들고 그대 곁으로 갈 수만 있다면,

새겨 놓으리라 나의 십계명을 그대 얼굴에.

헨리 왕 우리 숙모님, 진정하세요—모르고 그런 것입니다.

공작부인 모르고 그랬다? 착하신 폐하, 이제 곧 보시구려!

　　　그녀가 폐하를 어르고 안고 그럴 것이오 아기처럼.

　　　바지 안 입은 여자가 이 궁정을 좌지우지할망정

　　　귀부인 엘리노어의 빰을 치고 무사치는 못하리라! 〔퇴장〕

버킹검 〔보포트 추기경에게 방백〕 추기경, 내 엘리노어를 따라가

　　　험프리가 어찌하는지 알아보리다.

　　　약이 바싹 올랐으니, 그녀 분노에 더 이상 박차는 필요 없

소—

　　　충분히 질주해 갈 것이오 자신의 파멸을 향해. 〔퇴장〕

　　　　험프리 공작 글로스터 등장

글로스터 자, 경들, 내 화가 가라앉아,

　　　그러려고 궁정 안뜰을 한 바퀴 돌았소만,

　　　내가 왔으니 왕국 대사를 논해 봅시다.

　　　그대들의 악의에 찬 음해에 대해서는,

　　　증명하시오, 그러면 내 법의 심판을 받겠소.

　　　그러나 하나님 자비로이 받아 주소서

　　　본분으로 저의 왕국과 조국을 사랑한 제 영혼을.

　　　하지만 현안을 얘기합시다—

　　　제 의견은, 폐하, 요크가 가장 적합하다는 것이옵니다

　　　폐하의 프랑스 영토 섭정으로.

서포크 우리가 선택을 하기 전에 허락해 주신다면 내

　　　여러분께 만만찮은 이유를 보여 드리겠소

　　　요크가 가장 적합지 않다는 증거 말이오.

요크 내가 말해 드리지, 서포크, 왜 내가 적당치 않은지.

첫째, 내가 당신 자존심에 아양을 떨지 않기 때문,

그다음은, 내가 그 자리에 임명되면,

우리 서머싯 경이 나를 여기 묶어 둘 것이기 때문

급료도 장비도 지급하지 않고,

프랑스가 도핀 수중에 들어갈 때까지 말이지.

저번에 내가 그의 뜻대로 했다가

급기야 파리가 포위당하고, 굶주리다, 항복했거든.

워릭 그건 내가 증언할 수 있소. 그보다 더 추잡한 행위를

저지른 반역자는 이 나라에 없었소.

서포크 닥치라, 고집불통 워릭.

워릭 오만의 표상, 왜 내가 닥쳐야 하는가?

　　　　　호위 경계를 받으며 병기공 호너와 그의 도제 피터 등장

서포크 왜냐면 여기 반역죄로 고소된 자가 있으니까―

부디 요크 공작은 자복하라!

요크 누가 요크를 반역자로 고발했다는 말인가?

헨리 왕 그게 무슨 말이오, 서포크? 말해 보오, 이들은 누구요?

서포크 황공하오나, 바로 이자가

　　　　〔그가 피터를 가리킨다〕

고발하였나이다 자기 스승을 〔호너를 가리키며〕 대역죄로.

그가 한 말은 이렇나이다. 요크 공작 리처드가

정당한 잉글랜드 왕관 계승자이고

폐하께서는 잔탈자이다.

헨리 왕 〔호너에게〕 말하라, 이놈, 네가 그리 말했느냐?

호너 황공하오나, 그런 얘기는 한 적도 상상한 적도 없습니다. 하

나님이 제 증인이십니다, 저 악당이 날 무고한 것입니다.

피터 〔두 손을 쳐들며〕 이 손가락 열 개를 걸고, 폐하, 그가 정말 그
　　　말을 제게 했습니다 어느 날 밤 다락방에서 우리가 요크 나리
　　　의 갑옷을 광내고 있을 때요.

요크 이런 비천한 똥통 출신 막일꾼 놈,
　　　그런 반역자 말을 뱉다니 내 네 목을 베리로다!
　　　〔헨리 왕에게〕 당당하신 폐하께 참으로 청하옵나니,
　　　저자에게 법의 온갖 쓴맛을 보게 하소서.

호너 아아, 나리, 제 목을 매십시오 제가 그 말을 했다면. 제 고소
　　　인은 제 도제구요, 일전에 잘못을 하여 혼을 내 주었더니, 무
　　　릎을 꿇고 맹세를 했어요, 반드시 갚아 주겠노라고요. 그것을
　　　본 증인도 충분합니다. 그러니, 청컨대 폐하, 나쁜 놈 무고 때
　　　문에 정직한 자 파멸케 마소서.

헨리 왕 〔글로스터에게〕 삼촌, 짐이 어떻게 해야 법에 맞습니까?

글로스터 이리하소서, 폐하, 제가 판사라면 이리하겠습니다.
　　　서머싯을 프랑스 섭정으로 임명하소서,
　　　이 일이 요크의 혐의를 불러일으키고 있음입니다,
　　　〔호너와 피터를 가리키며〕 그리고 이 둘은 날을 정하여
　　　적당한 곳에서 단판 결투케 하소서,
　　　왜냐면 그가 〔호너를 가리키며〕 증인이 있음입니다, 자기 도제
　　　의 악의에 대한.
　　　이것이 법입니다, 이것이 험프리 공작의 판결이고요.

헨리 왕 그렇담 그리하오. 〔서머싯에게〕 우리 서머싯 경,
　　　짐은 그대를 프랑스 영토 섭정으로 임명하니
　　　그곳에서 외국인 적에 맞서 짐의 권리를 지키도록 하라.

서머싯 머리 숙여 폐하께 감사를 표하나이다.

호너 그리고 저는 기꺼이 결투를 받아들이겠습니다.

피터 〔글로스터에게〕 아아, 나리, 전 싸움 못해요, 제발, 저 좀 봐주
　　　세요! 저자 앙심이 벌써 날 이리 기죽이는데. 오 주여, 제게
　　　자비를―난 한 합도 못 버틸 거야! 오 나리, 제발!

글로스터 이놈, 싸우기 싫으면 교수형을 당하든지.

헨리 왕 이들을 옥에 가두라. 그리고 결투 날짜는
　　　　다음 달 말일로 하리라.
　　　　가십시다, 서머싯, 배웅해 드릴 테니.

　　　　화려한 취주. 모두 퇴장

1막 4장
글로스터 집 정원, 런던

❧

마녀 마저리 조던, 두 사제 존 흄 경과 존 사우스웰, 그리고 주술사 로저 볼링브루크 등장

흄 자, 선생들, 공작부인께서, 정말, 기대하고 계십니다 당신들 약속의 실행을.

볼링브루크 흄 선생, 우리는 그 준비가 다 되었소. 귀부인께서는 보고 들으시겠다는 겁니까 우리의 유령 초혼을?

흄 그럼요, 달리 뭐겠습니까? 그분 담력은 걱정 마세요.

볼링브루크 무적의 정신력을 갖춘 여성이라는 소리는 들었소. 하지만 이렇게 하는 게 좋겠소, 흄 선생, 당신이 그분 곁에 계시오, 위에, 우리는 아래서 일을 벌일 테니. 그러니, 부디, 들어가시고 우릴 내버려 두시오.

〔흄 퇴장〕

조던 어멈, 땅 바닥에 넙죽 엎드리시게.

〔그녀가 엎드린다〕

〔글로스터 공작부인 엘리노어 위로 등장〕

존 사우스웰, 당신이 읽고 우리 시작해 보십시다.

공작부인 물론이오, 우리 선생들, 모두 잘 오셨고요. 이런 일은 빨리 해치울수록 좋은 법.

흄이 위로 등장

볼링브루크 말씀 마소서, 마마―마법사는 자기 때를 알지요.
　　깊은 밤, 깜깜한 밤, 그 고요한 밤,
　　밤 시간, 트로이가 방화에 휩싸이던,
　　밤 시간, 가면부엉이 비명 지르고 사슬 경비견들 울부짖고,
　　유령들 걸어 다니고, 영혼들이 그들 무덤을 벌컥 여는―
　　그 시간이 가장 좋습니다 우리가 하는 일에.
　　마마, 앉아 계시고, 두려워 마소서. 우리가 불러내는 자
　　우리가 단단히 잡아 둘 것입니다 마법의 원 안에.

　　　유령을 부르는 제의 시작, 그리고 원을 그린다. 사우스웰이 '나오
　　　너라 유령' 운운의 주문을 외고, 끔찍한 천둥과 번개, 그런 다음
　　　유령 애스너스가 땅에서 올라온다.

애스너스 여기 왔노라.
마녀 애스너스, 네가 그 이름과 권능에 벌벌 떠는
　　영원한 하나님에 맹세코, 대답하라 내가 묻는 것에,
　　네가 입을 열지 않으면, 이곳을 벗어나지 못할 것이로다.
애스너스 물으라 내게 듣고 싶은 것을.
볼링브루크 〔읽는다〕'첫째, 왕에 대하여: 그는 어떻게 되는가?'
애스너스 공작이 아직 살아 헨리 폐위,
　　그러나 그보다 오래 살고, 맞는다 폭력적인 죽음을.

　　　유령이 말하면, 사우스웰이 그 답을 적는다.

볼링브루크 〔읽는다〕'말하라 어떤 운명이 서포크 공작을 기다리는

가.'

애스너스 물로 그는 죽을 것이고, 그것이 최후다.

볼링브루크 〔읽는다〕'서머싯 공작의 앞날은?'

애스너스 성을 피해야지. 더 안전할 것이다 그는
　　　　　모래 평원이, 산 위에 성들이 선 곳보다는.
　　　　　이제 그만—내가 더 이상은 견딜 수 없노라.

볼링브루크 내려가라 어둠과 불타는 호수 속으로!
　　　　　못된 악령, 꺼져라!

　　　　　　　천둥과 번개. 유령이 다시 가라앉는다.
　　　　　　　요크 및 버킹검 공작이 험프리 스태포드 경 및 호위병들을 데리고
　　　　　　　가택 침입하며 등장

요크 이 반역자들을 체포하고 쓰레기들을 압수하라.

　　　　　　　〔볼링브루크, 사우스웰, 그리고 조던이 체포된다. 버킹검이 볼링
　　　　　　　브루크와 사우스웰의 글이 적힌 쪽지를 빼앗는다〕

　　　　　〔조던에게〕 마녀야, 우리가 널 제대로 감시했구나.

　　　　　〔공작부인에게〕 아니, 공작부인, 거기 계십니까? 국왕과 공공
　　　　복리가
　　　　　크나큰 신세를 졌군요 부인께서 이리 수고를 해 주시니.
　　　　　우리 호국경께서, 분명,
　　　　　보답이 있으시겠지요, 이 훌륭한 일에.

공작부인 반도 안 되리로다 그대가 잉글랜드 국왕께 끼친 해악의,
　　　　　중상모략 마오 공작, 증거도 없이 협박을 해 대다니.

버킹검 그럼요, 부인, 아무것도 아니지요—

　　　　　　　〔그가 글이 적힌 쪽지를 쳐든다〕

이게 무엇이겠습니까?

〔부하들에게〕저들을 끌고 가라. 단단히 가두고

따로 떼어놓을 것이다. 〔공작부인에게〕그대, 귀부인께서는,

저희와 같이 가셔야겠소.

스태포드, 자네가 모셔 오게.

〔스태포드 및 다른 사람들이 위의 공작부인과 흄에게로 퇴장〕

여기 너희들의 잡동사니들을 모두 증거물로 제시하리라.

모두 가자!

밑에서 조던, 사우스웰, 그리고 볼링브루크가 호위 경계 속에 퇴
장, 그리고 위에서, 흄과 공작부인이 스태포드 및 다른 사람들의
호위 경계 속에 퇴장. 요크와 버킹검은 남는다.

요크 버킹검 경, 그녀를 잘 감시하신 듯하오.

멋진 계략이었소. 토대도 튼튼했고.

자 이제, 우리 경. 악마가 뭐라 적었는지 좀 보십시다.

〔버킹검이 그에게 글이 적힌 쪽지를 준다〕

뭐라 써 있는고?

〔그가 글이 적힌 쪽지를 읽는다〕

아니, 이건 피루스 왕이 받은 답변 그대롤세!

내 네게 말하노니, 에아쿠스의 아들이여, 로마인들은 정복

할 수 있나니.

이 신탁은 얻기 힘들고

이해하기도 힘들지. 갑시다. 자, 자, 우리 경,

왕은 지금 세인트 앨번즈를 향하고 있소,

그와 함께 이 사랑스런 부인의 남편도 있지.

그리로 이 소식이 말 달리는 가장 빠른 속도로 가는 거요—
유감스러운 아침 식사겠지 우리 호국경으로서는.

버킹검 공작께서 제게 허락을 하시죠, 우리 요크 경,
보답받을 희망으로 사자 되는 것을.

요크 〔글이 적힌 쪽지를 버킹검에게 돌려주며〕 그래주신다면, 훌륭하신
우리 경.

〔버킹검 퇴장〕

〔안으로 부르며〕 안에 누구 있느냐, 여봐라!

〔하인 등장〕

우리 솔즈베리 경과 워릭 경한테 초대 말씀 올리거라
내일 밤 나와 저녁을 같이하시자고. 가라.

따로따로 둘 다 퇴장

제2막

이렇게 어떤 때는 가장 찬란한 낮에도 구름이 끼지
그리고 여름의 뒤를 장차는 따른다
메마른 겨울이, 그 분노에 가득 찬 살을 에는 추위로,
그렇게 근심과 기쁨 그득한 것이야 흘러가는 계절 따라.

2막 1장

세인트 앨번즈

🌹

헨리 왕, 주먹 위에 매를 얹은 마가릿 왕비, 글로스터 공작 험프리, 보포트 추기경, 그리고 서포크 공작, 소리 지르는 매사냥꾼들과 함께 등장

마가릿 왕비 정말이지, 경들, 매로 물새 사냥하는 일이,

이토록 재미난 시합이었던 적은 없었어요 근래 7년 동안.

그러나, 이런 말 그렇지만, 바람이 너무 셌어요,

그래서, 십중팔구, '올드 잔'이 날려 하지 않은 거구요.

헨리 왕 〔글로스터에게〕 하지만 정말 굉장했죠, 우리 경, 호국경의 송골매는,

나머지에 비해 얼마나 높이 날았던지!

우린 보는 거죠 온갖 피조물 속 하나님의 작용을!

그럼요, 인간과 새들 모두 높이 오르는 걸 좋아하니까요.

서포크 놀랄 게 없지요, 황공하오나,

우리 호국경의 매들이 그 높이 나는 것을 아주 잘한단들,

그것들이 아는 겝니다 제 주인이 높은 걸 좋아하고,

자기 생각을 자기 송골매 높이 위로 날라 간다는 것을.

글로스터 이보시오, 비천하고 저열한 마음뿐이오

새가 솟구치는 것보다 더 높이 오를 수 없는 것은.

보포트 추기경 내 생각도 그쯤이오, 그는 구름 위에 있고 싶어 하지.

글로스터 그래, 우리 추기경, 그 정도로 어떻게 생각을 하시나?
　　　좋지 않으신가요 각하께서 천국으로 날아가실 수 있다면?

헨리 왕 영원한 기쁨의 보고이지요.

보포트 추기경 〔글로스터에게〕 당신의 천국은 지상이지 당신의 두 눈과 생각은
　　　온통 몰두해 있어 왕관, 당신 마음의 보물에,
　　　사악한 호국경, 위험한 권세가,
　　　국왕과 공공에 아첨이나 떠는!

글로스터 무어라, 추기경? 사제께서 그리 거만을 떨면 되오?
　　　베르길리우스 시에도 있듯 '천상의 마음에 이런 화병이 깃들 수 있소?'
　　　성직자가 그리 화를 내요? 착한 삼촌, 숨기시지요 그 악의를
　　　거룩함 같은 걸로―그러실 수 있겠습니까?

서포크 악의가 아니죠, 경, 딱 알맞은 정도입니다
　　　이 정도 정당한 싸움에 그리고 이 정도 나쁜 상대에.

글로스터 누구 정도 말이오, 경?

서포크 누구긴 누구, 당신 정도로 나쁜 상대 말이죠, 우리 경―
　　　당당하신 우리 주님의 호국경 나리께 황공하오나.

글로스터 이보오, 서포크, 잉글랜드가 알고 있소 당신의 오만방자를.

마가릿 왕비 당신의 야욕도 알고 있죠, 글로스터.

헨리 왕 부디 참으시오,
　　　착하신 왕비, 성난 두 귀족을 부추기지 마시고―

성경 말씀도 있잖소 지상에 평화 세우는 자 복받으리로다.

보포트 추기경 내가 복받게 될 평화는

　　　이 오만한 호국경과 맞서 내 칼로 세운 그것이게 하소서.

　　　　글로스터와 보포트 추기경이 따로 설전을 벌인다.

글로스터 정말, 성직자 삼촌, 그리되기를 바라오.

보포트 추기경 물론, 네놈이 감히 해보겠다면.

글로스터 감히? 내 당신한테 말하거니와, 사제,

　　　플랜타저넷 가문은 결코 참지 않는다 감히란 말을!

보포트 추기경 나도 네놈 못지않은 플랜타저넷 혈통이고,

　　　고온트의 존 아들이야.

글로스터 서출의.

보포트 추기경 나는 경멸하노라 네놈 말을.

글로스터 이 건으로 파당놈들 끌어모으지 말고,

　　　당신 자신의 몸으로 답하시지 이 모욕에 대해.

보포트 추기경 아암, 답해 주마 네놈은 감히 엿보지도 못할 곳이지

　　　만 감히 오겠다면,

　　　　오늘 저녁 과수원 동쪽 편으로 오너라.

헨리 왕 무슨 말씀들이시오, 두 분?

보포트 추기경 〔큰 소리로〕 정말이야, 글로스터 조카,

　　　조카네 꾼들이 새들을 그리 갑작스레 놀래키지 않았다면,

　　　좀 더 시합을 즐길 수 있었을 게야. 〔글로스터에게 방백〕 네놈

　　　그 양 손으로 다루는 칼을 갖고 오려무나.

글로스터 〔큰 소리로〕 맞아요, 삼촌.

　　　〔보포트 추기경에게 방백〕 합의한 거지? 과수원 동쪽 편.

보포트 추기경 〔글로스터에게 방백〕 물론.

헨리 왕 왜, 무슨 말씀이시오, 글로스터 삼촌?

글로스터 매사냥 얘깁니다, 딴 건 아니고요, 폐하.

　　〔추기경에게 방백〕 이제, 성모를 걸고, 사제, 내 당신 삭발머리

　　를 삭발해 버리겠어.

　　아니면 내 검술은 말짱 헛것일 터.

보포트 추기경 〔글로스터에게 방백〕 의사여, 네 자신을 고쳐라, 성경

　　말씀이니라—

　　호국경, 그 말 명심하시게, 네 자신을 보호하라.

헨리 왕 바람이 거세지오, 여러분 기질도 그렇구려, 경들.

　　정말 넌더리 나는구나 이 가락에 내 마음은!

　　이런 악기들이 불협화한다면, 무슨 희망이 있겠는가, 조화

　　의?

　　내 간청이니, 경들, 내가 멈추게 해 주시오 이 분쟁을.

　　　　한 사람이 '기적이다' 외치며 등장

글로스터 이게 무슨 소리냐?

　　여봐라, 어떤 기적이 벌어졌다는 게냐?

한 사람 기적이오, 기적!

서포크 국왕께 오너라—말씀드리라 무슨 기적인지.

한 사람 〔헨리 왕에게〕 참으로, 앨번즈 성지에서 소경 하나가

　　30분도 되기 전에 찾았어요 시력을—

　　이제껏 살아생전 한 번도 보지 못했던 자가요.

헨리 왕 자 하나님을 찬미합시다, 믿는 영혼들에게

　　어둠 속 광명을, 절망 속 위로를 주시는 하나님!

세인트 앨번즈 시장과 그의 형제들(시의원들)이 음악과 함께 등
장, 그 사내 심칵스를 의자에 앉혀 둘이 들었다. 그들과 함께 심칵
스의 아내 및 다른 시민들 등장

보포트 추기경 저기 시민들이 열을 지어 오는군요
　　그 사내를 폐하께 알현시키기 위해.

　　　　시민들 무릎을 꿇는다.

헨리 왕 지상의 속세에서 그의 위로 크도다,
　　비록 시력으로 죄의 유혹 더 커졌으나.
글로스터 〔시민들에게〕길을 내시게들, 그를 가까이 데려오라,
　　국왕께서 그와 얘기를 나누고 싶어 하신다.

　　　　그들이 몸을 일으키고 심칵스를 왕 앞에 데려온다.

헨리 왕 〔심칵스에게〕착한 이여, 이 자리에서 짐에게 상세히 말해
　　보라,
　　짐이 그대를 위해 주님을 찬송할 수 있게끔.
　　그래, 너는 오랫동안 눈이 멀었다가 이제 회복되었느냐?
심칵스 날 때부터 소경이었습니다, 황공하오나.
심칵스의 아내 예, 정말, 그랬어요.
서포크 이 여자는 누구냐?
심칵스의 아내 그의 아내입니다, 황공하오나.
글로스터 그의 어머니였다면
　　그대가 더 잘 말해 줄 수 있었을 것을.
헨리 왕 〔심칵스에게〕어디서 태어났느냐?
심칵스 버윅에서요, 북쪽이죠, 황공하오나.

헨리 왕 불쌍한 자여, 하나님의 호의가 크셨도다 네게.

　　　밤과 낮 단 하루도 감사 없이 보내지 말고,

　　　계속 기억할지어다 주님께서 행하신 것을.

마가릿 왕비 〔심칵스에게〕 말해 보라, 착한 이, 너는 우연히 이리 왔

　　　느냐

　　　아니면 신앙으로 이 성지에 왔느냐?

심칵스 하나님이 아십니다, 순수한 신앙으로죠, 불리운 게

　　　백 번 이상이구요, 내가 자고 있는데,

　　　착하신 앨번 성인께서, 이렇게 말하셨어요, '시몬, 오너라,

　　　와서 내 제단에 제물을 바치면 내 널 도와주겠노라.'

심칵스의 아내 바로 그렇습니다, 정말, 그리고 아주 여러 차례

　　　제 자신이 들었어요 그를 그렇게 부르는 어떤 목소리를.

보포트 추기경 〔심칵스에게〕 아니, 자네 다리를 저는가?

심칵스 예, 전능하신 하나님 절 도와주소서.

서포크 어떻게 그리되었느냐?

심칵스 나무에서 떨어졌습죠.

심칵스의 아내 〔서포크에게〕 자두나무였습니다, 나리.

글로스터 얼마나 오랫동안 눈이 멀었었다고?

심칵스 오, 태어나면서부터요, 나리.

글로스터 아니, 그런데 나무에 올라가려 했어?

심칵스 평생 그때 딱 한 번이었습죠, 제가 어렸을 때.

심칵스의 아내 〔글로스터에게〕 맞아요 그 말도―오르다 호된 대기를

　　　치른 거죠.

글로스터 〔심칵스에게〕 정말, 자두를 꽤나 좋아했구나 그런 모험을

　　　하다니.

심칵스 아아, 착하신 나리, 제 아내가 자두가 먹고 싶다며
       저를 올라가게 했지요 목숨 걸고 말이죠.
글로스터 〔방백〕 교활한 놈, 하지만 안 통할 것이다.
       〔심칵스에게〕 네 눈 좀 보자. 눈을 감고, 이제 떠 보거라. 내가
       보기에는 네 시력이 아직 안 좋은 것 같은데.
심칵스 좋은데요, 나리, 대낮처럼 맑습니다, 하나님과 앨번 성인
       께 감사.
글로스터 그렇단 말이지? 〔가리키며〕 이 외투 무슨 색이냐?
심칵스 붉은색이요, 나리, 피처럼 붉네요.
글로스터 그래, 잘 맞추었다.
       〔가리키며〕 이 외투는?
심칵스 그건, 푸른 색 아닙니까.
글로스터 〔가리키며〕 그렇다면 무슨 색이냐
       그분 바지는?
심칵스 노란색이요, 나리, 황금처럼 노랗네요.
글로스터 그렇담 내 가운은 무슨 색이냐?
심칵스 검지요, 나리, 석탄 검은 색, 제트처럼.
헨리 왕 아니, 그렇다면, 네가 제트가 무슨 색인지 안다는 말?
서포크 그렇지만 아마도 제트를 그는 한 번도 본 적 없구요.
글로스터 하지만 외투와 가운은 봤다 이거지, 숱하게.
심칵스의 아내 이날까지 평생 동안 한 번도 본 적 없어요.
글로스터 말해 보라, 이놈, 내 이름이 무엇이냐?
심칵스 아아, 나리, 저는 모릅니다.
글로스터 〔가리키며〕 저분 이름은 무엇이냐?
심칵스 모릅니다요.

글로스터 〔가리키며〕 저분 이름도?

심칵스 모릅니다요, 참으로, 나리.

글로스터 〔가리키며〕 저분 이름도?

심칵스 정말 모릅니다, 나리.

글로스터 네 자신의 이름은 무엇이냐?

심칵스 시몬 심칵스입니다, 황공하오나.

글로스터 그렇다면, 거기 앉아 있는 너 거짓말쟁이
　　　　베드로로다, 기독교 세계의. 날 때부터 소경이었더라도
　　　　너는 마땅히 우리 이름을 알 터 이렇게
　　　　우리가 입은 옷의 여러 색을 명명할 정도니 말이다.
　　　　시력은 색을 구분하지만, 갑자기
　　　　그 모든 색을 명명한다는 거─그건 불가능하지.
　　　　앨번 성인께서 행하신 기적이 그것이로다.
　　　　여러분은 그 사람 솜씨 대단하다 하시겠지요
　　　　누가 이 절름발이를 다시 일어서게 한다면?

심칵스 오 나리, 나리께서 하실 수 있다면!

글로스터 〔시장과 시의원들에게〕 우리 세인트 앨번즈 시장, 혹시 없
　　　　겠소,
　　　　교구 치안 담당이, 당신 시에, 그리고 채찍이라는 것이?

시장 있습니다, 나리, 황공하오나.

글로스터 그렇다면 즉시 데려오시오.

시장 〔시민들에게〕 여보게들, 가서 치안 담당을 이리 곧장 보내게.

　　　　　　한 사람 퇴장

글로스터 걸상을 가져오라.

〔걸상이 들려온다〕

〔심칵스에게〕 자, 이놈, 네놈이 정말
　　　　채찍질을 모면하려면, 뛰어넘거라
　　　　이 의자를 그리고 달아나는 거야.

심칵스　아아, 나리,
　　　　저는 혼자 서지도 못합니다.
　　　　나리께서 공연히 저를 괴롭히려 하시네요.

　　　　교구 치안 담당이 채찍을 들고 등장

글로스터　좋다, 이놈, 우리가 네놈 다리를 찾아 줘야겠구나.
　　　　〔치안 담당에게〕 쳐라 저자를 이 걸상 뛰어넘을 때까지.

교구 치안 담당　분부 받들겠습니다, 나리.
　　　　〔심칵스에게〕 오냐, 이놈, 웃옷을 빨리 벗거라.

심칵스　아아, 나리, 저더러 어쩌라고요? 저는 서지를 못해요.

　　　　치안 담당이 그를 한 번 때리자, 그가 걸상을 뛰어넘어 달아난다.
　　　　시민들 일부가 뒤따르며 외친다. '기적이다! 기적이다!'

헨리 왕　오 하나님, 이 지경을 보고도 그리 오래 참으십니까?

마가릿 왕비　웃지 않을 수가 없네 그놈 달아나는 꼴이!

글로스터　〔치안 담당에게〕 뒤쫓으라 저놈, 끌고 가라 이 계집.

심칵스의 아내　아아, 나리, 너무 가난하여 그리한 것입니다.

　　　　치안 담당이 심칵스 아내를 데리고 퇴장

글로스터　〔시장에게〕 그들을 내내 채찍질하여
　　　　시읍을 빠짐없이 거치시오,

버윅에 이를 때까지, 거기서 왔다니까.

시장과 남아 있는 모든 시민들 퇴장

보포트 추기경 험프리 공작께서 오늘 기적을 행하셨구려.
서포크 맞아요. 절름발이를 껑충 뛰고 날게 했으니.
글로스터 하지만 당신은 나보다 더한 기적을 행했소—
　　　당신은, 하루아침에, 우리 경, 프랑스 도시를 몽땅 날렸으
　　　니.

버킹검 공작 등장

헨리 왕 무슨 소식인가요, 우리 친척 버킹검께서는?
버킹검 말씀드리자니 제 심장이 쿵쾅대는 소식입니다.
　　　사악한 성향의 못된 패거리들이
　　　그 보호자이자 공모자인
　　　귀부인 엘리노어, 호국경의 아내를
　　　이 모든 사단의 주모자이자 수괴로 하여
　　　꾸몄나이다 폐하 왕국에 위험한 음모를,
　　　마녀 및 주술사와 작당을 하였고,
　　　그 현장을 우리가 덮쳤는데,
　　　그들은 사악한 유령을 지하에서 불러내어
　　　묻는 중이었습니다 헨리 왕의 삶과 죽음에 대해
　　　그리고 폐하 추밀원의 다른 의원들에 대해.
　　　그리고 이것이 그 답변이오 악마가 그들에게 해 준.

버킹검이 헨리 왕에게 글이 적힌 쪽지를 건네준다.

헨리 왕 〔읽는다〕 '첫째, 왕에 대하여: 그는 어떻게 되는가?

　　　　공작이 아직 살아 헨리 폐위,

　　　　그러나 그보다 오래 살고, 맞는다 폭력적인 죽음을.'

　　　　만사 하나님 뜻대로 하소서. 그래, 나머지는.

　　　　〔읽는다〕 '말하라 어떤 운명이 서포크 공작을 기다리는가?

　　　　물로 그는 죽을 것이고, 그것이 최후다.'

서포크 〔방백〕 물로 서포크 공작이 죽게 된다?

　　　　분명 그렇겠군, 아니면 악마가 거짓말한 것이거나.

헨리 왕 〔읽는다〕 '서머싯 공작의 앞날은?

　　　　성을 피해야지. 더 안전할 것이다 그는

　　　　모래 평원이, 산 위에 성들이 선 곳보다는.'

보포트 추기경 〔글로스터에게〕 그래서, 우리 호국경, 이렇게 하여

　　　　당신 부인은 이미 구금 중이오 런던에서.

　　　　〔글로스터에게 방백〕 이 소식이, 아마도, 네놈 칼날을 무디게

　　하겠지.

　　　　내가 보기엔, 우리 경, 당신이 시간 약속 못 지킬 것 같은데.

글로스터 야심만만한 성직자, 내 가슴을 그만 괴롭히시오.

　　　　슬픔과 고통이 내 모든 힘을 무너뜨렸소,

　　　　그리고, 무너졌으니, 나는 항복이오 당신한테

　　　　혹은 가장 초라한 하인한테도.

헨리 왕 오 하나님, 사악한 자들이 참으로 불행을 자아내고,

　　　　그럼으로써 자기들 자신의 머리에 쌓나이다 혼돈을!

마가릿 왕비 글로스터, 보시오 그대 보금자리의 이 오욕을,

　　　　그리고 살피시오 본인 흠결을, 그리하는 게 최선이오.

글로스터 마마, 저에 관해서는, 하늘에 호소합니다,

제가 너무나도 저의 왕과 공익을 사랑하였다고,

제 아내에 관해서는, 어찌된 건지 제가 알지 못하고요.

죄송합니다 제가 들은 것을 듣게 되어.

그녀는 귀족이지만, 만일 그녀가 명예와

미덕을 잊고, 역청처럼, 고결함을

더럽히는 부류와 상통했다면,

저는 그녀를 추방하겠소 내 침대와 동석에서,

그리고 그녀를 먹이로 내주겠소 법과 치욕,

글로스터의 정직한 이름을 더럽힌 그것에.

헨리 왕 어쨌든, 오늘 밤은 여기서 쉽시다

내일 런던으로 돌아가,

이 일을 소상히 조사하고,

이 더러운 범법자들을 불러 답변케 하고,

달아 보는 거요 각자 주장을 공평한 정의의 저울에다,

누구 저울대가 꿋꿋한지, 누구의 정당한 주장이 우세한지.

화려한 취주. 모두 퇴장

2막 2장

요크 공작 집 정원, 런던

❧

요크 공작과 솔즈베리 및 워릭 백작 등장

요크　자, 훌륭하신 우리 솔즈베리 및 워릭 경,

소찬의 우리 저녁 식사가 끝났으니, 허락하신다면

이 외딴 길에서 간청컨대,

두 분 의견을 듣고 싶소 나의 자격,

의심할 여지가 없는 바, 잉글랜드 왕관을 쓸 그것에 대한.

솔즈베리　공작, 내 그 얘기를 상세히 듣고 싶소.

워릭　친절하신 요크, 시작하시고, 공작의 주장이 옳다면,

네빌 가문은 공작의 신민으로서 명을 따르리이다.

요크　그렇다면 하지요.

에드워드 3세는, 우리 경들, 아들을 일곱 두었지요.

첫째, 흑태자 에드워드, 웨일즈 공,

둘째, 해트필드의 윌리엄, 그리고 셋째는,

클래런스 공작 리오넬이고, 그다음이

고온트의 존, 랭커스터 공작이었지,

다섯째는 에드먼드 랭리, 요크 공작이었고

여섯째는 우드스탁의 토머스, 글로스터 공작이었고

윈저의 윌리엄이 일곱째이자 마지막이었소.

흑태자 에드워드는 부왕보다 더 먼저 죽었고

후사로 리처드, 외아들을 남겼는데,

그가, 에드워드 3세 사망 후, 국왕으로서 통치하다가

헨리 볼링브루크, 랭커스터 공작,

고온트의 존의 맏아들이자 상속자가,

왕관을 쓴 거요 헨리 4세라는 이름으로,

왕국을 장악하고, 폐위시켰소, 합법적인 왕을,

보냈소 불쌍한 왕비를 그녀 출신지인 프랑스로,

그리고 왕을 폼프릿으로, 그리고 거기서, 익히 아시는 대로,

순진한 리처드가 피살된 거요 반역자들한테.

워릭 〔솔즈베리에게〕 아버지, 요크 공작 말이 사실입니다

그렇게 랭커스터 가문이 왕관을 얻었죠.

요크 그것을 지금 그들은 강제로 갖고 있을 뿐 법으로가 아니오.

왜냐면 리처드, 장자의 상속자가, 죽었으므로,

다음 아들의 자식이 통치를 했어야 하오.

솔즈베리 하지만 해트필드의 클래런스는 후계 없이 죽었잖소.

요크 셋째 아들, 클래런스 공작은, 그의 혈통으로

내가 왕관을 요구하는 것인 바, 자식 필리페, 딸이 있었는
데,

그녀는 에드먼드 모티머, 마치 백작과 결혼했지요.

에드먼드는 자식이 있었소, 로저, 마치 백작이오.

로저는 자식, 에드먼드, 앤과 엘리노어가 있었습니다

솔즈베리 이 에드먼드가, 볼링브루크 치세 때,

내가 읽은 바로는, 왕관의 권리를 주장했지요,

그리고, 오웬 글렌다워만 아니었다면, 왕이 되었겠죠.

이자가 그를 가두었으니까, 죽을 때까지 말이오.

하지만 계속하시오.

요크 그의 만누이, 앤,

내 어머니는, 왕관 상속권자로서,

결혼했지요 리처드, 캠브리지 백작과, 그는 아들이었어요,

에드먼드 랭리, 에드먼드 3세의 다섯째 아들의.

그녀로 하여 내가 요구합니다 왕국을, 그녀는 상속인이오,

로저, 마치 백작의, 로저는 아들이죠

에드먼드 모티머의, 모티머는 필리페와 결혼했고,

그녀는 리오넬, 클래런스 공작의 외동딸이고.

그러니 형의 자식이

동생 자식보다 먼저 승계하는 게 맞다면, 내가 왕이오.

워릭 어떤 명백한 소송 절차가 이보다 더 명백합니까?

헨리는 요구합니다 왕관을, 고온트의 존,

넷째 아들을 근거로, 요크는 셋째를 근거로 요구하지요.

리오넬 자식이 없을 때까지, 존의 자식은 통치할 수 없죠.

리오넬 자식은 없기는커녕, 번성 중입니다 공작으로 또

공작의 아들들, 이 정도 나무에서 뻗은 아름다운 가지들로.

그렇다면, 아버지 솔즈베리시여, 우리 함께 무릎을 꿇지요,

그리고 이 사유지에서 우리가 처음으로

경례를 올리는 겁니다 우리의 정당한 군주께

왕관에 대한 상속권의 명예를 갖춘 그분께 말입니다.

솔즈베리와 워릭 〔무릎을 꿇으며〕 만수무강하소서 우리의 군주 리처
드, 잉글랜드의 왕이시여!

요크 고맙소, 경들

〔솔즈베리와 워릭이 몸을 일으킨다〕

하지만 난 그대들의 왕이 아니오
내가 왕관을 쓸 때까지, 그리고 내 칼이
랭커스터 가문의 심장 피로 얼룩질 때까지는―
그리고 그 일은 갑작스레 치를 일이 아니고,
심사숙고하며 말없이 은밀하게 행해야 하오.
그대들도, 내가 그러듯, 위험한 요즈음 시국에,
눈 감아 주시오 서포크 공작의 오만방자를,
보포트의 거만을, 서머싯의 야욕을,
버킹검과, 그의 일당 모두를,
그러다보면 그들이 함정에 빠뜨릴 거요 가축 떼의 양치기,
그 미덕 있는 군주, 훌륭한 험프리 공작을 말이오.
그것이 그들이 추구하는 바고, 그들은, 그걸 추구하면서,
발견케 될 것이오 자기들의 죽음을, 요크의 예언이 맞다면.

솔즈베리   주군, 파하시지요―주군의 생각을 익히 알겠습니다.

워릭   제 마음이 저를 확신시킵니다 워릭 백작이
언젠가는 요크 공작을 왕으로 모시리라고.

요크   그리고 네빌, 이 점을 나는 확신하오―
리처드는 살아서 워릭 백작을
잉글랜드에서 왕을 제외한 가장 위대한 자로 만들 것이오.

모두 퇴장

2막 3장

런던 법정

나팔 소리. 헨리 왕과 고위직들, 경비와 함께, 공작부인을 추방키 위해 등장. 헨리 왕과 마가릿 왕비, 글로스터 공작 험프리, 서포크 공작과 버킹검 공작, 보포트 추기경, 그리고 관원들에 인도되어, 공작부인 엘리노어 코뱀, 마녀 마저리 조던, 두 사제 존 사우스웰과 존 흄 경, 그리고 주술사 로저 볼링브루크, 그런 다음 그들에게로 요크 공작과 솔즈베리 및 워릭 백작 등장

헨리 왕 〔공작부인에게〕 나오라, 귀부인 엘리노어 코뱀, 글로스터의
　아내.
　　　〔그녀가 앞으로 나온다〕
　하나님이 보시고 짐이 보기에 그대의 죄는 매우 크다.
　법의 심판을 받으라 성서에서
　사형을 선고한 바 있는 죄에 대해.
　　　〔마녀, 사우스웰, 흄, 그리고 볼링브루크에게〕 너희 넷은, 감옥으로
　돌아가라 다시 거기서, 처형장으로.
　마녀는 스미스필드에서 재만 남을 때까지 태울 것이고,
　너희 셋은 교수대에 목을 매달 것이로다.
　　　〔마녀, 사우스웰, 흄, 그리고 볼링브루크가 호위 경계를 받으며
　퇴장〕

〔공작부인에게〕그대, 부인은, 태생이 더 고결하므로,

그대 평생 그대 명예를 박탈하노니,

부득이, 3일간의 공개 참회를 마친 후,

여기 그대 조국에서 유형에 처해질 것이다

떠나라 존 스탠리 경과 함께 맨 섬으로.

공작부인 기꺼이 받아들입니다. 죽음도 받아들였을 터.

글로스터 엘리노어, 법이, 당신 보다시피, 당신을 심판하였소,

법이 유죄 선고한 자를 내가 변호할 수는 없는 일이오.

〔공작부인 호위 경계를 받으며 퇴장〕

내 눈은 눈물로 가득하고, 내 가슴 슬픔으로 가득하도다,

아, 험프리, 네 나이에 이런 불명예는,

네 머리를 울음으로 가득 채워 무덤으로 데려가리니.

〔헨리 왕에게〕폐하 부디, 이만 자리를 뜨게 해 주소서.

슬픔은 위로를 원하고, 제 나이는 편히 쉬고 싶어 하나이다.

헨리 왕 잠깐, 글로스터 공작 험프리. 가기 전에,

내놓으시오 그대의 직장을. 헨리가 <u>스스로를</u>

보호할 테요, 그리고 하나님께서 내 희망이고,

내 버팀줄, 내 안내자, 그리고 호롱불이실 것이오 내 발에.

그리고 안심하고 가시오, 내 사랑 덜하지 않을 테니

그대가 그대 왕의 호국경이었을 때보다 말이오.

마가릿 왕비 난 도무지 모르겠소 왜 성년의 왕이

어린애처럼 보호받을 필요가 있다는 건지.

히나님과 렌리 왕이 잡으소서 잉글랜드의 키를!

직장을 내놓으시고, 경, 국왕께 내놓으시오 그분 영토를.

글로스터 내 직장? 여기 있소. 고결한 헨리, 내 직장.

내 그것을 포기하는 마음이 기껍기는
그 옛날 그대 아버지 헨리가 그것을 내게 주었을 때와 같소,
그리고 또한 그대 발 아래 그것을 놓는 마음이 기껍기는
다른 이들이 야욕에 가득 차 그것을 받을 때와 같소.

〔그가 직장을 헨리 왕 발아래 놓는다〕

안녕히 계시오, 착하신 왕. 내가 죽고 없을 때
명예로운 평화가 그대 옥좌를 돌봐 주기를. 〔퇴장〕

마가릿 왕비 이제야, 헨리 왕과 마가릿 왕비로다.
글로스터 공작 험프리는 거의 그 자신이 아니고,
그토록 고통스런 절단을 겪었으니 우린 일거양득이네요—
그의 부인은 추방되고 그는 사지가 잘린 셈.

〔그녀가 직장을 집어든다〕

이 명예로운 직장을 압수당했으니, 있게 할 밖에
그것이 가장 어울리는 곳, 헨리의 손에.

그녀가 직장을 헨리 왕에게 준다.

서포크 이렇게 시드는군 이 낙락장송 가지를 늘어뜨리고,
이렇게 사그라지네요 엘리너의 오만이 새파란 나이에.
요크 경들, 그는 가게 두시죠. 황공하오나 폐하,
오늘이 결투일로 정해진 날이고,
준비를 마쳤나이다 도전자와 방어자—
병기공과 그의 도제—모두 결투장에 입장할,
그러니 부디 폐하께서는 참관하여 주소서.
마가릿 왕비 좋아요, 훌륭하신 우리 경, 그렇잖아도
전 그 싸움 어떻게 되는지 보려고 궁정을 나온걸요.

헨리 왕 하나님의 이름으로, 결투장과 만사를 점검하오,

　　　이 자리에서 끝을 내게 하리니, 하나님 지켜 주소서 정의를.

요크 난 본 적이 없소 더 장비가 형편없거나,

　　　싸우기를 더 두려워하는 자를, 그 도전자,

　　　이 병기공의 도제보다 말이오, 우리 경들.

　　　　　　한쪽 문으로 병기공 호너와 그의 이웃들 등장. 이웃들이 호너에게
　　　　　　건배를 너무 권해 그는 만취한 상태고, 고수 한 명을 앞세웠으며,
　　　　　　모래 부대를 고정시킨 지팡이를 들고 있다. 다른 쪽 문으로 그의
　　　　　　도제 피터가, 또한 고수를 앞세우고, 모래 부대 달린 지팡이를 들
　　　　　　고, 그에게 건배하는 도제들과 함께 등장

첫 번째 이웃 〔호너에게 술을 권하며〕 자, 호너 이웃, 난 자네에게 건
　　　배하네 스페인산 셰리 백포도주 한 잔으로, 그리고 겁먹을 거
　　　없어, 이웃, 자네는 썩 잘할 거야.

두 번째 이웃 〔호너에게 술을 권하며〕 그리고 여기, 이웃, 이건 포르투
　　　갈산 적포도주, 포트와인일세.

세 번째 이웃 〔호너에게 술을 권하며〕 여기, 훌륭한 초강력 맥주 한
　　　잔, 이웃, 마시고, 유쾌해지라구, 도제를 겁내면 쓰나.

호너 〔건네진 술들을 받으며〕 돌려라, 돌려, 참으로 내가 자네들 모
　　　두한테 맹세할 것이야, 피터는 니 엄마 보고 말이지.

첫 번째 도제 〔피터에게 술을 권하며〕 마시게, 피터, 난 자네한테 건
　　　배, 겁먹을 것 없구.

두 번째 도제 〔피터에게 술을 권하며〕 여기, 피터, 지네를 위한 보르도
　　　산 적포도주 1파인트 잔.

세 번째 도제 〔피터에게 술을 권하며〕 그리고 이건, 내가 마실 2파인트

잔이고, 유쾌하라구, 피터, 자네 주인이라구 겁낼 거 없어. 싸
우라 도제들의 명예를 위해!

피터　〔건네진 술을 거절하며〕 고맙네 자네들 모두. 마시고 날 위해
기도해 주게, 부디, 내가 이승의 마지막 술잔을 들이킨 것 같
거든. 자, 로빈, 내가 죽으면, 내 앞치마를 주겠네. 그리고,
윌, 자네는 내 망치를 가지라구. 그리고 자, 톰, 내가 가진 돈
전부일세. 오 주여 제게 축복을, 하나님께 기도드립니다. 저
는 결코 제 주인의 상대가 될 수 없거든요, 그는 이미 너무 많
은 검술을 배웠다구요.

솔즈베리　자, 술은 그만 마시고, 시작하지.

　　　〔피터에게〕 이보게, 자네 이름이 뭔가?

피터　피터인데요.

솔즈베리　피터? 그다음은?

피터　섬프요.

솔즈베리　섬프라! 네 주인을 흠씬 때려 주는 소리 같구나.

호너　나리들, 제가 이곳에 온 것은, 말하자면, 내 도제의 선동 때
문입니다. 그놈이 악당이고 제가 정직한 사람이라는 걸 증명
하기 위해서죠. 그리고 요크 공작에 관해서는, 제 목숨을 걸
고 맹세컨대 해코지하려 했던 게 아닙니다 그분을, 국왕님도,
왕비님도 물론이고요. 그러므로, 피터, 내 네놈에게 솔직한
칼 맛을 보여 줄 테다.

요크　어서 하라, 이놈 혀가 꼬부라지기 시작하니.

　　　　결투 경보 나팔 소리. 그들이 싸우고 피터가 호너 머리통을 갈기
　　　　고 때려 눕힌다.

호너 그만, 피터, 그만—고백하겠다. 내가 고백하겠다 반역을.

  그가 죽는다.

요크 〔시중들에게, 호너를 가리키며〕 그의 무기를 치워라. 〔피터에게〕
  이보게, 감사하게 하나님과 자네 주인 배 속의 포도주한테.
피터 〔무릎을 꿇고〕 오 하나님, 제가 지금 저의 적을 물리친 겁니까
  이 으리으리한 곳에서? 오 피터, 네가 이겼다 정의로.
헨리 왕 〔시종들에게, 호너를 가리키며〕 가서, 치워라 저 반역자를 내
  시야에서,
    그의 죽음으로 짐은 그의 죄를 알 수 있나니.
    그리고 하나님께서 정의로이 밝혀 주셨도다 우리에게
    이 불쌍한 자의 진실과 무죄를,
    그를 저자가 부당하게도 살해하려 했으나.
  〔피터에게〕 가자, 사내, 짐을 따르라 보답을 내리리니.

  화려한 취주. 몇몇이 호너의 시체를 나르며 모두 퇴장

2막 4장

런던 거리

글로스터 공작 험프리와 그의 하인들이 상복 차림으로 등장

글로스터 이렇게 어떤 때는 가장 찬란한 낮에도 구름이 끼지,
그리고 여름의 뒤를 장차는 따른다
메마른 겨울이, 그 분노에 가득 찬 살을 에는 추위로,
그렇게 근심과 기쁨 그득한 것이야 흘러가는 계절 따라.
이보게, 몇 신가?
하인 열 십니다, 나리.
글로스터 열 시면 내게 정해진 시간이지
벌받은 내 공작부인 오는 것을 지켜볼 수 있게끔,
거의 견디지 못할 게야 그녀는 냉혹한 거리를,
그 거리를 그녀의 여린 발로 밟는다는 걸.
상냥한 넬, 당신의 고상한 마음은 견디기가 힘들겠지
천한 신분들이 당신 얼굴 뚫어져라 쳐다보는 것을
앙심 품은 표정으로, 당신의 치욕을 비웃으면서,
당신이 의기양양 거리를 마차 타고 지나던
옛날 그 당당한 마차 바퀴를 쫓아오던 그들이 말이오.
하지만 쉿, 그녀가 오는 것 같군, 그리고 난 준비해야겠구나

눈물 젖은 두 눈, 그녀의 비참을 보기 위하여.

> 공작부인, 귀부인 엘리노어 코뱀 등장, 맨발이고 하얀 천으로 몸
> 을 둘렀고, 범죄 내용을 운문으로 적은 쪽지가 등에 붙어 있으며,
> 손에 초를 들었고, 런던 치안관 두 명과 존 스탠리 경, 그리고 날
> 이 휜 창과 도끼창을 든 관원들이 그녀를 동반한다.

하인 (글로스터에게) 그러게 나리만 괜찮으시다면, 우리가 마님을
　　치안관한테서 구출해 내겠다니까요.
글로스터 안 돼, 꼼짝하면 내 널 죽이리로다. 그냥 지나가게 둬.
공작부인 오셨나요, 여보, 제 공공연한 치욕을 보시러?
　　이제 당신도 참회하세요. 보세요 저들의 눈초리가 어떤가,
　　보세요 어떻게 저 어지러운 군중들이 손가락질하고
　　고갯짓하고, 그들의 눈총을 당신한테 던지는지.
　　아, 글로스터, 몸을 숨기세요 이 증오에 찬 시선으로부터,
　　그리고 당신의 내실에 갇혀, 한탄해 주세요 제 치욕을,
　　그리고 저주하세요 당신 적들을─나와 당신의 적 모두를.
글로스터 참으시오, 순한 넬, 잊어요 이 슬픔을.
공작부인 아, 글로스터, 가르쳐 주세요 내 자신을 잊는 법을,
　　왜냐면 내가 당신의 결혼한 아내고,
　　당신은 군주, 이 나라의 호국경이라는 걸 생각하면,
　　이럴 리가 없을 것 같거든요, 이렇게 질질 끌려다니고,
　　치욕으로 휘감기고, 등에 쪽지 붙이고,
　　이종이띠중이들이 쫓아다니고 환호하여
　　내 눈물 보고, 깊은 곳에서 나는 내 신음 소리 듣고 그럴 리
　　가 말예요.

잔혹한 부싯돌이 상처를 내죠 내 발에,

그리고 내가 움찔하면, 악의에 찬 사람들이 웃고,

어떻게 잘 좀 걸어 보라는 거예요.

아, 험프리, 내가 견딜 수 있을까요 이 치욕스런 멍에를?

믿으시나요 당신은 내가 언제고 다시 세상을 쳐다보거나,

햇빛 즐기는 사람들 행복하다 여길 것이라고?

아녜요, 어둠이 내 빛이고, 밤이 나의 낮일 터,

나의 화려장관을 생각함은 나의 지옥일 터.

어떤 때는 제가 말할 테지요 나는 험프리 공작의 아내고,

그는 군주고 이 땅의 지배자라고,

하지만 어떤 통치자였고, 어떤 군주였느냐 하면

방관하였노라 그가, 그의 쓸쓸한 공작부인이,

구경거리이자 경멸 대상이 되었는데도

쫓아오는 온갖 비천한 자들한테 말이지.

하지만 당신은 순하게 사시오, 내 치욕에 낯붉히지 말고,

무엇에든 꼼짝도 마시오 죽음의 도끼가

당신 위에 어른댈 때까지, 이제 곧 그렇게 되겠지요.

왜냐면 서포크, 모든 걸 좌지우지하는 그와,

왕비, 당신과 우리 모두를 미워하는 그녀와,

요크, 그리고 불경스런 보포트 그 거짓 사제가,

모두 숲에다 끈끈이를 발라 놓았소, 당신 날개를 속이려고,

그리고 당신이 아무리 날려 해도, 그들은 얽을 거요 당신을.

하지만 걱정 마오 당신은 당신 발이 올가미에 걸릴 때까지,

아예 찾지도 마시오 당신 적에 대비한 안전장치를.

글로스터 아, 넬, 그만해요 그건 모두 비뚤어진 생각.

내가 죄를 지어야 권리를 박탈당하는 거지,
그리고 나의 적이 지금의 스무 배나 되고,
그들 각자의 힘이 스무 배란들,
이 모든 것들도 나를 해코지할 수는 없소
내가 충직하고, 진실되고, 죄 없는 한.
나더러 당신을 구해 달라고 이 비난으로부터?
이보오, 당신의 추문이 아직 씻겨지지 않았소,
난 법을 어길 위험이 있고.
당신을 가장 크게 도와줄 것은 침묵이오, 착한 넬.
제발 적응시켜요 당신 가슴을 인내에.
며칠 지나면 구경거리는 잊혀질 것이니.

전령 등장

전령 저하를 소환합니다 폐하의 의회로, 의회는 다음 달 첫날 베
   리 세인트 에드먼즈에서 열리고요.
글로스터 나의 사전 동의도 없이 말인가?
   뭔가 뒷거래가 있군. 알았다. 그리 갈 것이니라.

〔전령 퇴장〕

   나의 넬, 이제 가야겠소 그리고, 치안관 선생.
   그녀의 참회형이 능가하면 안 될 것이오. 국왕의 위임을.
첫 번째 치안관 황공하옵니다 저하, 제 책임은 여기까지옵고,
   이제 존 스탠리 경이 맡게 됩니다,
   부인을 맨 섬으로 모셔가는 일을.
글로스터 그대가, 존 경, 그녀를 지금 호위 경계할 것인가?
스탠리 그리 명을 받았습니다. 황공하오나 저하.

글로스터 그녀를 잘 대해 주시오
　　　내 이렇게 부탁하오. 세상에 다시 웃음꽃 피는 날 오고,
　　　내 그때까지 살아 그대에게 친절을 베풀지도 모르잖소,
　　　그대가 그녀에게 베푼다면. 그러하니, 존 경, 잘 가시오.

　　　글로스터가 떠나려 한다.

공작부인 아니, 가신다구요, 여보, 내게 작별 인사도 없이?
글로스터 내 눈물을 보시오―머물러 말을 할 수가 없소.

　　　글로스터와 그의 하인들 퇴장

공작부인 너희도 가느냐? 모든 위로가 함께 가는구나,
　　　아무도 내 곁에 없으니. 나의 기쁨은 죽음이로다―
　　　죽음, 그 이름에 내가 종종 겁을 먹었던,
　　　왜냐면 난 지상에서 불멸을 바랐으니까.
　　　스탠리, 부디 날 이곳에서 데려가 주시오.
　　　어디든 상관없소, 은총을 구걸할 생각 전혀 없으니.
　　　날 옮겨다 주면 될 뿐, 당신이 명 받은 곳으로 말이오.
스탠리 예, 부인, 그게 바로 맨 섬이지요,
　　　그곳에서 부인은 신분에 합당한 대우를 받으실 겝니다.
공작부인 그거 아주 나쁘구려, 내 신분은 치욕이니까,
　　　그러니 날 치욕스럽게 다루겠다는 소리 아니오?
스탠리 공작부인이자 험프리 공작의 아내에 합당하게요,
　　　그 신분에 따른 대우를 받으실 겁니다.
공작부인 치안관, 작별이오, 그리고 나보다 더 잘 지내시오,
　　　비록 당신은 내 치욕의 인도자였지만.

첫 번째 치안관 그게 제 업무입니다. 그러니, 부인, 용서하소서.

공작부인 그럼요, 물론, 잘 가시오―그대 업무는 끝났으니.

〔치안관들 퇴장〕

갑시다, 스탠리, 떠날까요?

스탠리 부인, 참회형을 치르셨으니, 이 천은 벗어 던지시고,

가서 여행 복장을 갖추시지요.

공작부인 천 따위를 벗는다고 내 치욕의 내복이 바뀔까―

아니지, 그건 내 가장 화려한 의상에도 매달려

모습을 드러낼 것이오, 내가 어떤 복장을 하던 간에.

갑시다, 앞장서요, 보고 싶구려 나의 감옥이.

모두 퇴장

제3막

봄날의 소낙비보다 더 빠르게 생각이 생각 위로 쏟아지고,
한 생각도 빠짐없이 생각나는구나 권좌에 대해.

3막 1장

커다란 집회장, 베리 세인트 에드먼즈

등장 나팔 소리. 의회로 등장. 우선 두 명의 전령, 그다음 버킹검
및 서포크 공작, 그다음 요크 공작과 보포트 추기경, 그다음 헨리
왕과 마가릿 왕비, 그다음 솔즈베리 및 워릭 백작, 시종들과 함께.

헨리 왕   어쩐 일로 글로스터 공작이 안 왔을꼬.

그분은 지각하는 법이 없는데,

대체 무슨 일이 있기에 못 오고 계시는 건지.

마가릿 왕비   안 보이시나요, 아니면 살피기 싫으신 겝니까,

그의 낯색이 이상하게 변한 것을?

그가 참으로 위풍 떠는 것을?

근래 그가 얼마나 거드럭거리는지?

얼마나 오만하고, 권위적이고, 그 자신 같지 않은지?

폐하와 저는 기억해요 그가 온화하고 상냥하던 때를,

폐하와 제가 그냥 먼 눈길만 주어도,

그 즉시 그가 무릎을 꿇었고,

그래서 온 궁정이 찬탄했습니다 그의 복종심에.

하지만 지금의 그를 보세요, 설령 아침에

모두가 아침 인사를 나눌 때라도

그는 이마를 찌푸리고, 성난 눈을 하고,

지나가지요 무릎을 뻣뻣하게 세우고,

폐하와 저에게 갖추어야 할 예의를 무시하고 말예요.

체구 작은 똥개들이 으르렁댄들 아무도 신경 안 쓰죠,

하지만 사자가 포효하면 대단한 사람도 몸을 떠는 법—

험프리는 잉글랜드에서 하찮은 존재가 아니고요.

첫째, 유념하세요 그는 혈통에서 폐하께 가깝고,

만일, 폐하께서 잘못이라도 되신다면, 그가 다음 왕입니다.

그렇다면 현명치 않은 처사겠지요,

그가 얼마나 사무친 원한을 품고 있는가를,

그리고 폐하 승하에 따르는 그의 이익을 고려해 볼 때,

그가 폐하의 옥체 주변을 서성대거나

폐하의 추밀원에 발을 들이게 허락하는 것은.

아첨으로 그는 얻었습니다 평민들의 마음을,

그리고 그가 반란을 일으키고자 할 때,

그들은 모두 그를 따르지 않을까 싶습니다.

지금은 봄이고, 잡초들이 내린 뿌리가 얕지만,

지금 그냥 둔다면, 그것들은 정원을 넘쳐나고,

약초들을 질식시킬 겁니다 정원 관리 부실 때문에.

제 주인께 제가 품은 존경의 근심이

추론케 하였소 이 위험을 공작한테서.

어리석은 생각이라면, 치부하시오 여인네 걱정이라고,

그 걱정을. 더 나은 이성이 대신 들어앉을 수 있다면,

나는 시인하고 말하겠소 내가 공작을 오해했다고.

우리 경 서포크, 버킹검, 그리고 요크,

반박해 보시오 내 주장을 최대한,

아니면 내 말이 과연 그렇다 하시든가.

서포크 잘 보신 것입니다 왕비께서는 이 공작을,

그리고 제가 먼저 제 마음을 말씀드리게 되었더라도,

저는 왕비님 말씀을 말했을 겁니다.

공작부인은 그의 사주로,

제 생명에 맹세코, 시작했던 것입니다 그녀의 악마 제의를,

아니면 설령 그가 이 범죄를 내밀히 알지 못했단들,

왕 다음의 왕위 계승자로서

자신의 높은 혈통을 자랑하며,

자신의 고귀함을 그토록 굉장하게 뻐겨 낸 것이,

정말 부추긴 것이지요. 그 미친 정신 이상 공작부인더러

사악한 수단으로 우리 폐하의 붕어를 꾀하라고.

개울이 깊으면 물이 평탄하게 흐르는 법이고,

그의 겉모습만 보더라도 그는 품고 있습니다 역심을.

여우는 짖지 않아요 어린 양을 훔치려 할 때는.

〔헨리 왕에게〕 아녜요, 아닙니다, 주군, 글로스터는 아직

그 속을 알 수 없는 자고, 기만으로 가득 차 있어요.

보포트 추기경 〔헨리 왕에게〕 그자는, 법 절차를 무시하고,

희한한 이유로 사형시킨 자 아닙니까, 사소한 잡범까지?

요크 〔헨리 왕에게〕 그리고 그자는, 호국경으로 있으면서,

왕국 전역에서 막대한 액수의 세금을 징수,

프랑스 주둔 병사 급여라 했으나, 한 번도 보내지 않았고,

그로 인해 도시들이 날마다 폭동을 일으킨, 그자 아닙니까?

버킹검 〔헨리 왕에게〕 츳, 그 정도는 약과입니다, 알려지지 않은 잘

못들에 비하면,

그것들을 시간이 부드러운 험프리 공작 속에서 밝혀낼 터.

헨리 왕 경들, 한 번만 더 말하겠소. 경들이 짐을 염려하여
　　　짐의 발에 박힌 가시를 뽑아 주려는 것은
　　　상찬받아 마땅할 일이지만, 내 생각을 말해 보리까?
　　　짐의 친척 글로스터는 무고하오.
　　　짐의 옥체에 반역을 꾀하는 일에는
　　　젖 빠는 어린 양 혹은 순진한 비둘기와도 같이.
　　　공작은 미덕 있고, 온화하고, 또 천성이 너무 좋으시오
　　　악행을 꿈꾸거나 나의 몰락을 꾀하기에는.

마가릿 왕비 아, 그 어리석은 신뢰야말로 위험한 것 아녜요?
　　　그가 비둘기 같아요? 그는 깃털을 빌렸을 뿐이에요,
　　　그의 기질은 가증스런 갈까마귀 같으니까.
　　　그가 어린 양? 분명 누가 그 거죽을 빌려줬겠지요,
　　　그의 성향은 게걸스런 늑대 같으니까.
　　　속이려는 자 누가 못하겠어요 그 정도 겉모습 도둑질을?
　　　잘 들으세요, 폐하, 우리 모두의 안녕이
　　　그 기만적인 자를 당장 끝장내는 데 달렸습니다.

　　　　　서머싯 공작 등장

서머싯 〔헨리 왕 앞에 무릎 꿇으며〕강녕하소서 자애의 군주님.

헨리 왕 어서 오오, 서머싯 경. 무슨 소식이오 프랑스로부터?

서머싯 그 지역 내 폐하의 모든 이권을
　　　일체 빼앗겼습니다―모두 사라졌어요.

헨리 왕 거 언짢구려, 서머싯 경, 하지만 하나님 뜻이니.

서머싯이 몸을 일으킨다.

요크 〔방백〕 내게 언짢은 소식이지, 프랑스에 가망이 있었거든
   내게 비옥한 잉글랜드에 못지않게 탄탄한 가망이.
   이렇게 내 꽃이 피기도 전에 봉오리로 시드는구나,
   풀쐐기들이 내 잎사귀를 다 갉아먹고 말이지.
   그러나 난 바로잡을 테다 이 일을 오래지 않아,
   아니면 내 칭호를 팔아 영광스러운 무덤을 사던가.

글로스터 공작 험프리 등장

글로스터 〔헨리 왕 앞에 무릎 꿇으며〕 만복이 나의 국왕 폐하께 깃들
   기를.
   용서하소서 주군, 제가 너무 지체했나이다.
서포크 웬걸요, 글로스터, 너무 일찍 오셨구만,
   당신이 평소보다 더 충성스러운 것이라면 모를까.
   내 당신을 체포하오 대역죄로 이 자리에서.
글로스터 〔몸을 일으키며〕 그래도, 서포크의 공작, 그대는 보지 못하
   리로다 내 낯이 빨개지는 것을,
   내 안색을 변케 하지도 못하리 이 체포로.
   흠결 없는 마음이 그리 쉽사리 의기소침해질까.
   맑디맑은 샘에 진흙이 없는 것보다 더
   나는 없소 내 주군에 대한 역심이.
   누가 날 고소하겠소? 내가 무슨 죄를 지었는가?
요크 사람들 생각이, 경, 경께서 프랑스로부터 뇌물을 받았고,
   호국경으로 있으면서, 병사들 급료를 주지 않아,

그로 인하여 폐하께서 프랑스를 잃게 되었다는 겁니다.

글로스터 그냥 생각이 그렇다? 그리 생각하는 자 누구요?
　　난 결코 병사들 급료를 훔친 적 없고,
　　프랑스로부터 한 푼의 뇌물도 받은 적 없소,
　　그러니 하나님 저를 도우소서, 저는 밤을 지샜나이다,
　　예, 밤마다 지샜나이다, 잉글랜드의 이익을 궁리하면서,
　　그러니 내가 국왕의 돈 한 푼이라도 갈취한 게 있다면
　　혹은 동전 한 닢 개인 용도로 챙긴 게 있다면,
　　유죄 판결의 증거로 삼으소서 저의 심판의 날에!
　　아니오. 내 개인 재산 중 엄청난 액수의 금화를,
　　궁핍한 평민한테 과세하는 것이 마땅치 않아,
　　내가 지급했소 주둔군에게,
　　그리고 한 번도 배상을 요구하지 않았소.

보포트 추기경 말씀은 그럴듯하오, 경, 주저리주저리.

글로스터 내 말은 진실 그 이상이 아니니. 하나님 절 도우소서.

요크 호국경으로 있을 때, 경은 고안했소
　　이상한 고문을 범법자용으로, 전대미문 수준으로,
　　하여 잉글랜드가 폭정으로 악명이 높게 되었소.

글로스터 아니, 잘 알려진 사실이오 호국경으로 있을 때
　　나의 결점 일체가 바로 동정심이었다는 것은,
　　난 범법자의 눈물에 마음이 녹기 일쑤였고,
　　그들의 엎드려 비는 말 그들 잘못에 대한 속전이었으니.
　　피비린 살인범이 아닌 한,
　　혹은 불쌍한 여행자들 것을 탈취한 못된 노상강도 아닌 한,
　　난 결코 법정 형벌을 내린 적 없소.

살인은, 정말—그 피비린 죄악은—내가 엄벌했지요
　　　　어떤 중죄보다 더.
서포크 경, 이런 잘못들은 사소하고, 쉽사리 답변 되겠으나,
　　　　더 강력한 범죄 혐의를 당신은 받고 있는 바
　　　　그것은 쉽사리 씻어 낼 수 없을 것이오.
　　　　나는 당신을 폐하의 이름으로 체포하고
　　　　이 자리에서 당신을 우리 추기경께 넘겨
　　　　다음 재판 때까지 억류토록 하려는 것이오.
헨리 왕　우리 글로스터 경, 저의 특별한 희망이니
　　　　경께서 모든 혐의를 씻어 내 주십시오.
　　　　나는 마음 깊이 경의 무죄를 믿소.
글로스터　아, 인자하신 폐하, 위험한 시국이나이다.
　　　　미덕이 더러운 야욕으로 질식당하고,
　　　　자선은 쫓겨납니다 적의의 손에.
　　　　더러운 매수 행위가 판을 치고
　　　　공평무사는 추방됩니다 폐하의 나라에서.
　　　　압니다 저들의 꿍꿍이가 노리는 것은 제 목숨이지요,
　　　　그리고 만일 저의 죽음이 이 섬을 행복하게 만들고,
　　　　그들의 폭정을 끝낼 수 있다면,
　　　　저는 참으로 기꺼이 그것을 바칠 것입니다.
　　　　하지만 제 죽음은 그들 연극의 프롤로그가 되고
　　　　아직 위난을 염려치 않고 있는 수천이 더 희생되더라도
　　　　그들이 꾀하는 비극을 끝내지 못할 것입니다.
　　　　누설합니다 보포트의 붉은 불꽃 두 눈은 마음 속 악의를,
　　　　그리고 서포크의 찌푸린 이마는 폭풍 같은 증오를,

모난 버킹검은 부려 놓지요 그의 혀로

그의 마음이 지고 있는 질투심의 짐을,

그리고 악바리 들개 요크는 달까지 넘볼 기세라,

그 거만한 생각의 팔을 제가 잡아채어 만류했던 바,

거짓된 고발로 저를 노리는군요.

〔마가릿 왕비에게〕 그리고 우리, 왕비께서는, 나머지와 함께,

근거 없이 들씌웠습니다 치욕을 제 머리 위에,

그리고 갖은 노력으로 부추겼지요,

저의 가장 소중한 주군더러 저의 적이 되라고 말입니다.

예, 여러분 모두 머리를 맞대었지요—

나 자신 살피고 있었소 여러분의 비밀 회합들을—

그 모든 게 해치우기 위해서였소 죄 없는 나의 생명을.

부족하지 않을 터, 나를 고발할 거짓 증인도

내 죄를 논증할 반역의 내용도.

옛 속담 그른 것 하나 없다 했소.

'개 팰 몽둥이야 금방 구할 수 있다.'

보포트 추기경 〔헨리 왕에게〕 주군, 저자의 매도는 참을 수가 없군요.

만일 어떤 이들이 폐하의 옥체를 염려하여

반역의 은밀한 칼과 광포한 행위로부터 보존코자 하고도

이렇게 비난받고, 꾸지람 듣고, 욕설 세례를 받는다면,

그리고 범법자에게 이런 식의 발언이 허용된다면,

폐하에 대한 그들의 열의는 식고 말 것이옵니다.

서포크 〔헨리 왕에게〕 저자가 비난하지 않습니까 우리 왕비마마를
이 자리에서

야비한 말로, 비록 말투는 영악했지만,

마치 마마께서 몇몇을 매수하여 거짓 주장으로

　　그의 높은 지위를 무너뜨리려 하기라도 했다는 것처럼?

마가릿 왕비　패자의 비난쯤 못 받아 줄까.

글로스터　본의보다 더 정곡을 찌르시는군. 난 정말 패자요,

　　승자에게 저주를, 그들이 내게 반칙을 했음이로다!

　　그러니 이런 패자가 할 말이 많을 밖에.

버킹검　〔헨리 왕에게〕 저자가 의미를 왜곡하고, 우리를 온종일 이

　　자리에 묶어 둘 셈입니다.

　　우리 추기경, 그는 경의 형사 피고인이오.

보포트 추기경　〔그의 시종 몇에게〕 이보게들, 공작을 데려가고 호위

　　경계를 철저히 하게.

글로스터　아, 이렇게 헨리 왕은 목다리를 버리는도다

　　그의 다리가 몸을 버텨 줄 만큼 튼튼해지기도 전에.

　　이렇게 양치기가 패퇴합니다 폐하 곁으로부터,

　　그리고 늑대들 으르렁대나이다 폐하를 먼저 뜯겠다고.

　　아, 나의 우려가 거짓이기를, 아, 정말 그러기를!

　　왜냐면, 착하신 헨리 왕, 폐하의 몰락을 제가 우려하나이다.

　　　　　글로스터, 추기경 부하들의 호위 경계 속에 퇴장

헨리 왕　경들, 경들의 혜안에 비추어 가장 좋은 쪽으로

　　조처를 취하거나 취소거나 하시오, 짐이 여기 있는 것처럼.

마가릿 왕비　아니, 폐하께서는 의회를 비우려고요?

헨리 왕　그래요, 마가릿, 내 가슴은 슬픔으로 익사 상태고,

　　그 홍수가 넘치기 시작하오 내 눈 안에서,

　　내 몸 주변은 온통 비참이고요,

왜냐면 불만보다 더 비참한 것이 어디 있겠소?

아, 험프리 삼촌, 삼촌의 얼굴에서 나는 봅니다

명예, 진실과 충성의 지도를,

그렇지만, 착하신 험프리, 때가 온 거예요

내가 삼촌의 거짓을 증명하거나 충성을 의심할 수도 있는,

어떤 우울한 운명 별이 삼촌의 지위를 시기하기에,

이 대신들과 마가릿 왕비가

무너뜨리려 한단 말입니까, 삼촌의 순진한 생명을?

삼촌은 그들에게 해 끼친 적 없어요, 아무한테도 없지요.

그런데 백정이 송아지를 끌고 가듯,

그리고 그 가엾은 것을 묶고, 버둥대면 때리며,

그것을 피투성이 도살장으로 몰아가듯,

바로 그리 잔혹하게 그들이 끌고 갔구나 그를,

그리고 어미소가 높게 낮게 음매 울며

그녀의 순진한 새끼가 간 길을 쳐다보듯,

그리고 하릴없이 그냥 소중한 아이의 상실을 울부짖듯,

바로 그렇게 나 슬피 우는도다 착하신 글로스터의 소송을

슬픈 쓸모없는 눈물로, 그리고 침침해진 눈으로

그를 좇되, 돕지 못하는구나,

그토록 막강하도다 그의 불공대천 원수들의 힘은.

그의 운명을 나는 울리라, 그리고 각 신음 사이사이,

말하리라 '누가 반역자인가? 글로스터, 그는 아니다.'라고.

헨리 왕, 솔즈베리 및 워릭 백작 퇴장

마가릿 왕비 고결한 경들, 찬 눈은 녹지요 뜨거운 햇빛에.

나의 주인 헨리께서도 차가우시오 국가 대사에는,
어리석은 동정이 너무 충만하시죠, 글로스터의 외양이
그분을 애처로운 악어처럼 속여 먹는 것도 있겠고
악어는 슬픔으로 잡아채잖습니까 동정하는 여행자를,
혹은 뱀이 꽃피는 둑에 똬리 틀고 있다가
빛나는 바둑판무늬 살갗으로 아이를 쏘는 꼴이지요
그 아름다움에 넋을 빼앗긴 아이를 말이오.
정말이오, 경들, 내가 말할 밖에 없어 말하는 것이지만—
그렇지만 이 문제에 관한 한 나도 꽤 현명하다 보오—
이 글로스터가 빨리 세상에서 없어져야
없앨 수 있소 그에 대한 우리의 두려움을.

보포트 추기경 그를 죽게 한다는 건 훌륭한 정책입니다,
하지만 아직은 우리에게 그를 죽일 구실이 모자라지요.
재판을 통해 선고를 내리는 게 적당합니다.

서포크 하지만, 내 생각에, 그건 아무 정책도 아니죠.
왕이 지속적으로 애쓰겠지요 그의 목숨을 살리려고,
평민들이 아마 들고일어날 겝니다 그의 목숨을 살리려고,
그런데 우린 아직 사소한 것밖에 없지요
의심 말고는 그가 죽어 마땅하다는 증거가 말이오.

요크 그래서, 그러므로, 당신 생각은 그를 죽이지 말자?

서포크 아, 요크, 나만큼만 그자의 죽음을 바라라시오.

요크 〔방백〕 요크께서 더 이유가 있단다, 그의 죽음을 바라는.
〔큰 소리로〕 하지만 우리 추기경 나리와, 당신 서포크 경,
생각대로 말하고, 영혼으로 발설해 보시오.
그게 다 배고픈 독수리 한 마리 세워 놓은 꼴 아니겠습니까,

병아리들을 굶주린 맹금으로부터 보호한답시고,

험프리 공작을 호국경으로 임명한 것 자체가?

마가릿 왕비 그래서야 불쌍한 병아리들은 확실한 죽음이죠.

서포크 마마, 바로 그거구요, 그렇다면 미친 짓 아닙니까,

여우더러 양 우리 지키라 해 놓고,

교활한 살인범으로 회부된 그의

죄를 어리석게도 가벼이 봐주고 넘어가는

이유가 살인이 아직 저질러지지 않았다는 것이라면?

안 되죠―그를 죽여야 하는 것은 그가 여우이기 때문이고,

여우는 그 본성상 양떼의 적이기 때문이죠.

그의 턱이 진홍빛 피로 물들지 않아도 말입니다,

그렇게 험프리도, 주군의 적으로 판명된 이상.

세세한 차이를 논할 게 아니죠, 죽이는 방식의,

덫이건, 올가미건, 계략에 의해서건,

잠들었을 때건 깨어 있을 때건, 방식은 상관 없어요

그가 죽기만 한다면. 훌륭한 작전이거든요

먼저 사기 치려는 자 먼저 죽이는 것은.

마가릿 왕비 세 겹 고결하신 서포크, 결연한 말씀이셨소.

서포크 결연하지 않지요, 말한 만큼 행해지지 않는다면.

말은 많아도 행해지는 일은 드무니까.

그러나 내 마음이 내 혀와 일치한다는 것을 보여 주기 위해,

그 행위가 상찬에 값하는 것이므로,

그리고 나의 주군을 그분의 적으로부터 지키기 위해,

말씀만 하시면 내가 하리다 그의 임종 사제 노릇을.

보포트 추기경 하지만 난 그를 죽이고 싶소, 우리 서포크 경,

경이 사제 자격을 갖추기 전에.

　　여러분께서 그 행위에 찬성하고 잘하는 일로 쳐주신다면

　　내가 마련하겠소 그의 사형 집행관을.

　　그 정도로 나는 내 주군의 안전이 마음 쓰이오.

서포크　악수하지요. 그 행위는 할 가치가 있소.

마가릿 왕비　나도 동감이고요.

요크　나도. 그리고 이제 우리 셋이 맹세를 했으니,

　　문제 없소 누가 우리의 결정을 문제 삼던.

　　　　파발꾼 등장

파발꾼　대신님, 저는 아일랜드에서 급히 온 파발꾼이온데

　　알려 드립니다 폭도들이 무장봉기했고

　　잉글랜드인을 도륙했습니다.

　　원군을 보내 주시고, 대신분들, 막아 주세요 폭동을 신속히,

　　상처가 치유 불가로 되기 전에

　　아직 초기이니, 지원군으로 충분히 진압할 수 있습니다. 〔퇴장〕

보포트 추기경　터진 곳을 재빠르고 적절하게 막아야 할 텐데!

　　경들 어떻게 했으면 좋겠소 이 중대한 사태를?

요크　서머싯을 섭정으로 그리 보내는 게 좋겠소.

　　마땅하죠 운 좋은 지도자가 임명되어야 하는 것이—

　　프랑스에서 그가 겪은 운을 보시면 알 쪼죠.

서머싯　만일 요크가, 그의 온갖 대단한 지략을 갖추고,

　　그곳에 나 대신 섭정이었다면,

　　그는 결코 프랑스에서 그리 오랫동안 버티지 못했을 터.

요크 못하지, 당신처럼 그걸 모두 잃으면서까지는.

　　난 차라리 내 목숨을 일찌감치 잃기를 바랐을 터,

　　치욕의 짐을 집으로 가져오느니

　　모든 걸 잃을 때까지 거기 머묾으로써 말이지.

　　어디 보여 줘 보소 당신 살갗에 상처 하나라도 있는지.

　　사내 살갗이 그리 성해서야 이기기 힘든 법.

마가릿 왕비 그만, 거기까지, 이 불꽃은 광포한 불로 번질 거예요

　　바람과 연료를 가져다 그것을 키운다면.

　　그만하세요, 착하신 요크, 상냥한 서머싯, 말씀 마세요.

　　당신의 운은, 요크, 당신이 그곳 섭정이었다면,

　　아마 그보다 훨씬 더 나빴을지도 모른답니다.

요크 뭐라, 제로보다 더 나빠요? 에이, 그렇담, 몽땅 치욕 몫이

　　죠.

서머싯 그리고, 그중에, 치욕을 원하는 당신도 들어 있고.

보포트 추기경 우리 요크 경, 경의 운이 어떤지 시험해 보시죠.

　　야만적인 아일랜드 경보병들이 떼거리로 몰려

　　적시고 있어요 대지를 잉글랜드 병사들의 피로.

　　아일랜드로 경께서 가시겠소 병사 무리를

　　정예로, 각 주에서 얼마씩 뽑아 이끌고,

　　가서 시험해 보시겠소 경의 행운을 아일랜드인에 맞서?

요크 가겠소, 추기경, 폐하께서 원하신다면.

서포크 아니, 우리의 권한은 그분의 동의고,

　　우리가 정하면 그분이 승인하시는 거죠.

　　그러니, 고결한 요크, 이 임무를 맡으시오.

요크 그럼 그러지요, 내게 병사를 제공해 주시오, 영주분들,

그동안 나는 내 일을 정리해야겠소이다.

서포크 그 부담은, 요크 경, 내가, 각자 지게끔 살피리다.

하지만 이제 돌아갑시다 거짓투성이 험프리 공작 얘기로.

보포트 추기경 그 얘기 더 할 것 없소—내가 그를 처리하여

차후로 더 이상 그가 우리를 괴롭히는 일 없도록 할 테니.

그러니, 이만 파합시다, 날이 거의 저물었소.

서포크 경, 경과 나는 그 일 얘기를 해야 하고.

요크 우리 서포크 경, 14일 내로

브리스톨에서 기대하겠습니다 나의 병사들을,

거기서 모두 배에 실어 아일랜드를 향할 참이니까요.

서포크 제대로 시행되도록 내가 살피리다, 우리 요크 경.

모두 퇴장. 요크는 남는다.

요크 이제, 요크, 나중은 결코 없고, 단련시켜라 네 무서운 생각
을.

그리고 변화시켜라 두려움을 결의로.

되어라 네가 희망한 것이, 아니면 너인 것을

죽음한테 양도하든가, 누릴 가치가 없는 것이니.

얼굴 창백한 두려움은 천민들 속에 살 뿐,

숨어들지 말게 하라 왕족의 가슴에.

봄날의 소낙비보다 더 빠르게 생각이 생각 위로 쏟아지고,

한 생각도 빠짐없이 생각나는구나 권좌에 대해.

내 두뇌는, 집을 짓는 거미보다 더 바삐,

짜는도다 공들인 올가미를, 나의 적들 사로잡기 위하여.

좋아, 귀족들, 좋다구. 교활하게 처리들 하셨군,

날 숱한 병사들로 보따리 싸서 보내 버렸다 이거지.
걱정되는군 당신들 기껏 얼어붙은 뱀 덥혀 주는 거 아닌지,
이 뱀이, 가슴에 안겨 있다가 쏴 버릴 테니 당신들 가슴을.
병사들이 난 부족했던 거고, 당신들이 그걸 내게 주겠지.
상냥하게 받으마. 하지만 이건 분명 알아 둬,
너희들은 예리한 무기를 미친 놈 손에 쥐어 준 거야.
아일랜드에서 강력한 부대를 양성하는 한편,
내 잉글랜드에 검은 폭풍을 일으킬 테다.
만 명의 영혼을 천당 아니면 지옥으로 날려 버리게 될걸,
그리고 이 사나운 비바람은 계속 길길이 뛰게 될 것이다
내 머리 위 황금 테가
영광스러운 태양의 투명한 빛살인듯
이 광증이 빚어 낸 폭풍을 잠재울 때까지.
그리고 내 의도의 대리인으로,
나는 꼬드겼지 완강한 켄트인 하나,
애쉬포드의 존 케이드를,
반란을 일으키라고, 충분히 할 수 있는 만큼,
존 모티머의 칭호로 말이지.
아일랜드에서 내가 보았거든 이 완고한 케이드란 자가
홀로 경기병 떼거리와 맞서
어찌나 오래 싸우던지 급기야 넓적다리에 맞은 화살들이
거의 가시 날카로운 호저 꼴이 되는 것을,
그리고 마침내, 구조되자, 내 눈에 비친 그는
발딱 일어났다 난폭한 무어인 모리스 춤꾼처럼,
피비린 화살들을 모리스 춤꾼 종 흔들듯 흔들면서.

걸핏하면 거친 머리카락의 간악한 경보병처럼
그가 적과 대화를 나누었고,
들키지 않고, 내게로 다시 와
알려 주었다 그자들의 고약한 계획을.
이 악마가 여기서 내 대리역을 하게 될 것이다,
왜냐면 그 존 모티머, 지금은 가고 없는 그의,
얼굴을, 발걸음을, 말투를, 그는 정말 닮았거든.
이 방법으로 나는 감지하게 되리라 평민들의 마음을,
그들이 요크의 가문과 요구를 어떻게 생각하는지.
설사 그가 잡히고, 팔다리 늘려지고, 고문당하더라도—
내가 알기로 그들이 어떤 고통을 가하더라도
그는 불지 않을 거야 무장 폭동 교사자가 나라는 사실을.
설사 그가 성공한대도, 그럴 가능성이 매우 높지만—
뭐 그렇다면 아일랜드에서 내가 병력을 몰고 와서
거두는 거지 그 천한 놈이 씨 뿌린 수확을.
왜냐면 험프리가 죽고, 죽게 되어 있으니까,
헨리를 제치면, 그다음은 나니까.

    퇴장

3막 2장

글로스터의 침실 및 그에 인접한 국무실

🌹

막이 열려 있고, 침대에 누운 글로스터 공작 험프리와, 그런 그의 가슴을 눌러 질식사시키는 두 사내가 보인다.

첫 번째 살인범 〔두 번째 살인범에게〕 우리 서포크 나리께 달려가—알려 드려야지

우리가 명 받은 대로 공작을 해치웠다고.

두 번째 살인범 오 그게 장차 일이었으면! 우리가 무슨 짓을 저질러 버린 거지?

그토록 회개하는 사람 봤어?

〔서포크 공작 등장〕

저기 우리 나리 오신다.

서포크 그래, 여보게들, 이 물건 처리했는가?

첫 번째 살인범 예, 나리, 이 사람 죽었어요.

서포크 그래, 그 말 듣기 좋구나. 가라, 내 집으로 가 있어.

보답을 해야지 이 위험한 일을 해 주었으니.

국왕과 모든 귀족들이 금방 도착할 게야.

침대 정리 다시 하였지? 모든 걸 잘 처리했느냐,

내가 지시한 대로?

첫 번째 살인범 했습니다, 착하신 나리.

서포크 그럼 커튼을 꽉 닫아. 가라, 사라져!

> 커튼을 닫으며 두 살인범 퇴장
> 나팔 소리, 그런 다음 헨리 왕과 마가릿 왕비, 보포트 추기경, 서
> 머싯 공작, 그리고 시종들 등장

헨리 왕 〔서포크에게〕 즉시 가서 짐의 삼촌을 오시라 하오.
　　오늘 그분을 짐이 심문하여
　　가리려 한다고, 소장에 쓰인 대로 유죄인지를.
서포크 곧 불러오겠나이다, 나의 고결하신 주군.〔퇴장〕
헨리 왕 경들, 자리에 앉으시오. 그리고, 내 간청컨대,
　　짐의 삼촌 글로스터에게 엄히 추궁할 것은
　　진실된 증거, 믿을 만한 증거가 있어
　　그분의 유죄를 증명할 수 있는 대목뿐임을 명심해 주오.
마가릿 왕비 맙소사 어떤 악의가 승하여
　　아무 잘못도 없이 귀족을 유죄 선고 내리면 안 되죠!
　　그분이 혐의를 벗을 수 있도록 하나님께 기도를!
헨리 왕 고맙소, 메그. 그 말 들으니 매우 흡족하구려.
　　　〔서포크 등장〕
　　어쩐 일이오? 왜 얼굴이 창백하지? 왜 몸을 떠는 것이오?
　　어디 계시오 우리 삼촌은? 무슨 일이오, 서포크?
서포크 운명하셨습니다 침대에서, 주군—글로스터께서 돌아가셨
　　어요.
마가릿 왕비 어머나, 하나님 맙소사!
보포트 추기경 하나님의 은밀한 심판이시오. 내 어젯밤 꿈에
　　공작은 벙어리라 한 마디도 못하더이다.

헨리 왕이 바닥에 쓰러진다.

마가릿 왕비 폐하 괜찮으세요? 도와주오, 경들—왕께서 돌아가셨
    소!
서머싯 몸을 일으켜 드리시오, 코를 비틀어 드려요.
마가릿 왕비 뛰어, 어서, 도와줘, 도와줘! 오 헨리, 눈을 떠요!
서포크 다시 소생하십니다. 마마, 고정하소서.
헨리 왕 오 하늘에 계신 하나님!
마가릿 왕비 괜찮으세요 자애로우신 우리 폐하?
서포크 기운을 차리세요, 주군, 인자하신 주군, 기운 내세요.
헨리 왕 뭐라, 나의 서포크 경이 내게 기운을 주는가?
    그가 방금 전 와서 갈까마귀 울음을 울어 놓고
    그 음울한 가락이 나의 생명력을 앗아갔는데,
    그러고도 그는 생각하는가 굴뚝새 지저귀는 소리가,
    성의 없는 가슴으로 기운 내라 외치면
    처음 들었던 그 소리를 쫓아낼 수 있다고?
    숨기지 마오 그대의 독을 그런 사탕발림 말로.
        〔그가 몸을 일으키기 시작한다. 서포크가 부축하려 한다〕
    그대 손으로 날 만지지 말라—거두라니까!
    그대 두 손의 촉감이 나를 뱀독처럼 놀래키나니.
    너 재앙의 전령아, 꺼져라 내 눈 앞에서!
    네 눈동자 위에 살인의 폭정이
    앉아 소름끼치는 위엄으로 겁에 질리게 하는구나 세상을.
    나를 쳐다보지 마라, 너의 두 눈 위해를 가하는 눈이다—
    아니지 가면 안 되지. 오라, 바실리스크,

와서 죽여라 죄 없이 너를 쳐다보는 자 너의 시선으로.

죽음의 그림자 속에서 나는 기쁨을 찾을 것이니

삶 속은, 두 겹 죽음뿐이다, 글로스터가 죽었으므로.

마가릿 왕비 왜 서포크 경한테 이리 꾸지람이시랍니까?

비록 공작이 자신의 적이었으나,

경께서는 매우 기독교인답게 애도하십니다 그의 죽음을.

그리고 나로 말하자면, 비록 그가 내게 적대자였으나,

만일 액체 눈물이, 혹은 심장에 해로운 신음 소리가,

혹은 피 빨리는 한숨 소리가 그의 목숨 되살릴 수 있다면,

저는 울음으로 눈이 멀고, 신음으로 병이 들고,

얼굴이 피 빨리는 한숨으로 앵초처럼 창백해져도 좋아요.

그 모두 그 고결한 공작을 살리기 위해서라면.

내가 뭘 알겠습니까, 세상이 저를 어떻게 평가할지?

우리가 성의 없는 친구였다는 건 알려진 사실이니까요.

내가 공작을 해치웠다고 평가할지도 모르죠.

그렇게 내 이름은 중상의 혀에 상처 받고

군주들의 궁정은 나를 향한 비난으로 가득 차고 말 거예요.

이런 걸 내가 얻었죠 그의 죽음으로, 아아, 나여, 불행한,

왕비, 치욕으로 관을 쓴.

헨리 왕 아, 비통하도다 나여, 글로스터, 그 가여운 분 때문에!

마가릿 왕비 저 때문에 비통해 주세요, 그보다 더 가엽잖아요.

무어라, 당신 고개를 돌리고 숨는 거예요?

전 역겨운 문둥이가 아니라구요—나를 보세요!

무어라, 당신, 독사처럼, 귀가 먹어 버렸어요?

독까지 품고 죽이시구려 당신의 버림받은 왕비를.

당신의 모든 위로가 갇힌 거요 글로스터의 무덤에?

하, 그렇다면 마가릿 왕비는 결코 당신 기쁨이 아니었구려.

그의 동상을 세우고 숭배하시구려,

그리고 내 모습은 여인숙 간판에 갖다 쓰면 되겠네.

내가 이럴라고 바다에서 거의 난파되고,

두 번씩이나 역풍을 만나 잉글랜드 해변에서

다시 내 고향 일기 속으로 밀려났던 거란 말인가요?

이게 어찌된 일인가요, 하긴 사전 경고 잘하는 바람이

이런 소리인 것 같았네요, '찾지 마라 전갈의 둥지를,

발을 들여놓지도 마라 이 불친절한 해변에.'

그때 내가 왜 그랬담, 저주하다니 마음씨 착한 돌풍과

돌풍 놋쇠 동굴에서 풀어준 바람신 에올루스를,

명했어 축복받은 잉글랜드 해변 쪽으로 불라고,

아니면 배 키를 돌려 끔찍한 암초에 부딪치게 하던가.

하지만 에올루스는 살인자가 되기 싫어서

그 혐오스런 업무를 당신께 맡겼군요.

상당히 너울거리는 바다도 거부했어요 날 익사시키기를,

알았던 거죠 당신이 날 해변에서 익사시키리라는 것을

매정한 당신 때문에 흘린, 바닷물처럼 짠 눈물로 말예요.

산산조각 내는 암초도 웅크렸지요 배 대신 모래 속으로,

울퉁불퉁한 측면으로 날 내동댕이치지 않으려고 말이죠,

왜냐면 당신의 냉혹한 가슴, 암초보다 더 단단한 그것이

궁정에서 마가릿을 박살내면 되는 거니까.

당신의 백악 절벽이 식별되는 한,

당신의 해변에서 폭풍이 우리를 몰아냈을 때 말예요,

나는 갑판의 거센 비바람 속에 서 있었답니다,

그리고 땅거미 하늘이 열심으로 응시하는 내 시선에서

당신 조국의 조망을 빼앗기 시작했을 때,

난 비싼 보석을 내 목에서 떼어 냈어요—

하트 모양이었죠, 둘레를 다이아몬드로 장식한—

그걸 던졌지요 당신 나라를 향해. 바다가 그것을 받았고,

그래서 나는 바랐어요 당신 몸이 내 마음 받을 수 있기를,

그리고 그러고도 나는 아름다운 잉글랜드 조망을 잃었고,

그래서 명했죠 내 두 눈에게 내 마음과 함께 가 버리라고,

그리고 그것들을 장님 어스레 안경알이라 불렀답니다,

고대하던 알비온 해변을 보지 못하는 눈이니까요.

얼마나 여러 차례 내가 유혹했던지요 서포크의 혀를—

당신의 못된 변심의 대리인—

앉아서 내게 마법을 걸어 달라고, 아스카니우스가 그랬듯,

그가 사랑으로 미쳐 가는 디도에게 얘기해 주잖아요

제 아버지 에네아스의 행적을, 불타는 트로이를 시작으로!

내가 그녀처럼 매혹된 거죠? 혹은 당신이 그처럼 변심한 거

죠?

아, 나여, 너무 힘들어. 죽어 버리자 마가릿,

헨리가 우는 것은 네가 너무 오래 살기 때문이니까.

    안에서 시끄러운 소리. 워릭 및 솔즈베리 백작, 숱한 평민들과 함
    께 등장

워릭 〔헨리 왕에게〕 들었사온데, 강력하신 폐하,

  그 훌륭한 험프리 공작께서 반역적으로 피살되었답니다,

서포크와 보포트 추기경의 뜻으로요.
평민들이, 벌집 쑤셔 놓은 듯,
지도자도 없이, 이리저리 흩어져
마구잡이로 침을 쏘아 대고 있어요 그의 복수로.
제가 나서서 가라앉혔습니다 그들의 성난 폭동을,
그분 죽음의 경위를 알려 주겠다는 조건으로.
헨리 왕 그가 죽은 것은, 훌륭한 워릭, 너무도 사실이오만,
어떻게 죽었는지는 하나님이 아시오, 헨리는 몰라요.
이 방으로 들어가서, 숨이 멎은 그의 시신을 살펴보고
그런 다음 해명해 주세요 그의 급작스런 죽음을.
워릭 제가 그리할 것입니다, 나의 주군─막아 주세요, 솔즈베리,
난폭한 군중을 제가 돌아올 때까지.

　　　　한쪽 문으로 워릭 퇴장. 다른 쪽 문으로 솔즈베리와 평민들 퇴장

헨리 왕 오 모든 것을 주재하시는 분, 막아 주소서 제 생각,
애써 내 영혼을 설득하여 어떤 폭력적인 손이
험프리의 생명을 범했다고 믿게 하려는 그것을.
제 의심이 틀렸다면, 저를 용서하소서 하나님.
판단은 오로지 당신 몫인 까닭입니다.
기꺼이 저는 가서 그의 창백한 입술을 2만 번 입맞춤으로
비벼 따뜻하게 하고, 그의 얼굴에
소금기 눈물의 대양이 쏟아지게 하고,
내 사랑을 그의 벙어리 귀머거리 몸에 전하고,
내 손가락으로 그의 느낌 없는 손을 느끼고 싶사옵니다.
하지만 모두 부질없나이다 이 초라한 장례 의식은,

〔워릭이 등장하여 커튼을 열어젖히고 침대에서 죽은 글로스터를
보여 준다. 침대가 앞으로 나와 있다〕

　　　그리고 그의 죽은 지상의 모습을 본들,

　　　내 슬픔이 더 커지는 것 말고 무슨 소용이겠습니까?

워릭　이리 오소서, 자애로우신 폐하, 보소서 이 시신을.

헨리 왕　그건 보는 것이오 내 무덤 얼마나 깊이 파였는가를.

　　　그의 영혼과 함께 나의 세속적인 위로 일체가 날아갔으니,

　　　그를 보며 나는 죽음 속 나의 삶을 보는 것이니.

워릭　확실하기로는 내 영혼이 경외할 만한 왕중왕,

　　　우리 처지를 어깨에 짐 지신 그분과 함께 살며

　　　그 아버지의 노여운 저주를 벗으려는 것 못지않게,

　　　내 진정 믿노니 폭력적인 손이 분명

　　　범했습니다 이 세 겹 명성 험프리의 생명을.

서포크　무시무시한 맹세로다, 언사도 장엄하고!

　　　어떤 증거를 제시하겠소 워릭 경은 자신의 맹세에?

워릭　보시오 그의 얼굴에 피가 자리 잡은 모양을.

　　　내가 여러 차례 자연사한 자들을 보았는데

　　　얼굴색이 재 같고, 빈약하고, 창백하고, 피가 없었소,

　　　피가 모두 빨려들어 간 거지 뛰는 심장 속으로.

　　　심장은, 죽음과 한판 붙으며,

　　　그 피를 적에 맞선 지원군으로 끌어당기거든.

　　　피는, 심장과 함께, 거기서 식고 말지, 결코 돌아와서

　　　뺨을 다시 붉히거나 아름답게 만들지 않는단 말이오.

　　　그러나 보시오, 그의 얼굴은 검고 피가 가득하지,

　　　눈알은 그가 살았을 때보다 더 튀어나왔고,

완전 소름끼치게 응시하는 것이 목 졸린 사람 같다구,
머리는 곤두섰고 콧구멍은 기를 쓰느라 넓어졌소,
두 손은 넓게 펼쳐졌고, 목숨을 움켜쥐고
잡아당기려 했으나 힘에 눌렸다는 얘기지.
홑이불을 봅시다. 그의 머리카락이, 보다시피, 끈적거리죠,
균형이 잘 잡혔던 턱수염은 거칠고 울퉁불퉁해졌고,
폭풍의 매 흠씬 맞은 여름 곡물처럼 말이오.
그는 이 자리에서 살해당한 게 확실하오,
이런 것들 중 가장 하찮은 거라도 충분한 증거요.

서포크 아니, 워릭, 도대체 누가 공작을 죽인단 말이오?
나 자신과 보포트가 그를 보호했고,
우리가, 설마, 살인자라는 소리는 아니실 테고.

워릭 하지만 두 분은 험프리 공작의 철천지원수였고,
〔보포트 추기경에게〕 당신은, 정말, 감호했잖소 그 공작님을.
당신이 친구처럼 잔치를 베풀어 줬을 것 같지는 않고,
누가 보아도 그분은 적과 마주치게 된 것인데.

마가릿 왕비 그렇다면 당신은, 아마도, 이 귀족분들이
험프리 공작의 때늦은 죽음에 유죄 혐의가 있다?

워릭 어린 암소 한 마리가 죽어 생생한 피를 흘리는 중이고
그 옆에 도끼 든 백정이 서 있다면,
누가 의심치 않겠소 그가 도살한 것이라고?
솔개 둥지에 메추라기를 본 사람은 의당
상상할 수 있지 않나요 그 새가 살해된 경위를,
비록 그 솔개가 피 묻지 않은 부리로 높이 난다 해도?
바로 그런 의심을 불러일으킵니다 이 비극은.

마가릿 왕비 당신이 백정인가요, 서포크? 칼은 어디 있죠?

　　　보포트가 솔개라고? 어디 갔소 그의 발톱은?

서포크 난 자는 사람 도살용 칼은 안 갖고 다닙니다.

　　　하지만 여기 복수의 칼은 있소, 쓰지 않아 녹슬었지만,

　　　그것이 녹을 씻게 될 것이오 저자의 악의적인 심장에 꽂혀

　　　저자가 날 살인의 진홍 휘장으로 중상모략하고 있으니.

　　　말해 보라, 감히 나서겠다면, 오만한 워릭셔의 영주,

　　　내가 험프리 공작의 죽음에 책임이 있다고.

　　　　　　서머싯의 부축을 받고 보포트 추기경 퇴장

워릭 워릭이 무얼 겁낼까, 거짓된 서포크가 감히 해보잔다면?

마가릿 왕비 저자가 감히 누르질 않는구나 오만방자를,

　　　거만한 중상모략도 그치지를 않고,

　　　서포크가 2만 번은 경고했을 텐데도.

워릭 마마, 조용하시오, 이건 예의를 갖추려 하는 소리요,

　　　저자를 위해 내뱉는 마마의 말 한 마디 한 마디가

　　　왕비의 권위에 대한 중상모략이니까.

서포크 몽매한 놈, 비열한 행실이로다!

　　　이제껏 어느 부인이 자기 남편을 저토록 모욕했을까,

　　　필시 네 에미는 그녀의 못된 침대에 끌어들인 게야

　　　어떤 무뢰배 촌뜨기를, 그리고 그 고결한 줄기에

　　　야생 사과나무 가지를 접붙여 네놈을 낳은 게야,

　　　결코 네빌 가문의 고결한 혈통일 리가 없지.

워릭 살인죄가 네게 방패 노릇을 해 주고,

　　　내가 망나니한테 그 죄를 물어야 하니,

1만 가지 치욕을 일단 차치해 두려니 그렇지,
그리고 폐하 어전에서 칼을 뽑을 수 없으니 그렇지,
아니라면, 거짓투성이 살인범 겁쟁이 놈아, 널 무릎 꿇려
용서를 빌게 만들었을 게다. 네가 방금 한 말에 대해,
그리고 말하게 했을 터, 네가 한 건 네 에미 얘기라고―
네놈 자신이 바로 애비 없는 자식이라고!
그리고 이 모든 겁쟁이 고백이 끝나면,
네게 품삯을 주고 네놈 영혼을 지옥으로 보냈을 것이다,
잠든 사람의 피를 빨아 죽이는 흡혈귀 놈!

서포크 네놈은 깬 상태로 내 칼에 피를 흘릴 터,
네가 감히 나와 함께 어전을 물러난다면.

워릭 가자, 지금 당장. 아니면 널 질질 끌고 나가겠다.
비록 네놈이 천하다만, 내가 너와 겨루어 주고,
약간의 충성을 바칠 테다 험프리 공작의 유령에게.

　　　　　서포크와 워릭 퇴장

헨리 왕 오점 없는 가슴보다 더 강한 가슴받이가 있겠는가?
세 겹 중무장을 한 것이다 정당한 싸움을 하는 자,
그리고 헐벗음뿐이지, 강철로 몸을 두른단들,
그 양심이 불의로 썩은 자는.

평민들 〔안에서〕 서포크 타도! 서포크 타도!

마가릿 왕비 이게 무슨 소리요?

　　　　　서포크와 워릭 등장, 둘 다 칼을 뽑았다.

헨리 왕 왜, 무슨 일이오, 경들? 경들이 분노에 찬 무기를

뽑은 거요 짐의 안전에서? 어찌 그리도 무엄하오?

　　아니, 이게 도대체 웬 왁자지걸 소동이오?

서포크　반역자 워릭이 베리 놈들과 합세하여

　　온통 제게 달겨들었나이다, 강력하신 폐하!

평민들　〔안에서〕 서포크 타도! 서포크 타도!

　　　　평민들로부터 솔즈베리 등장

솔즈베리　〔안에 있는 평민들에게〕 이보시게들, 물러나 있게. 국왕께

　　자네들 뜻을 전할 테니.

　　〔헨리 왕에게〕 경외로우신 폐하, 평민들이 저를 통해 전해 온

　　바

　　서포크 경을 즉시 처단하시지 않는다면,

　　혹은 아름다운 잉글랜드 영토에서 추방하시지 않는다면,

　　그들이 폭력으로 그를 폐하 궁정에서 끌어내어

　　그에게 가하겠다 합니다 고통스럽고 기나긴 죽음을.

　　그들 말이, 그의 손에 그 훌륭한 험프리 공작이 죽었답니다.

　　그들 말이, 그자가 폐하도 죽일까 봐 염려스럽다 하옵고,

　　순수한 사랑과 충성의 본능 때문에,

　　폐하의 뜻을 거스르려는

　　무조건 반대 의도와 전혀 무관하게,

　　그들이 이렇게 그의 추방을 요구하는 것이라 합니다.

　　그들이 말합니다, 너무나 소중한 폐하 옥체가 염려되어,

　　설령 폐하께서 주무실 생각이고,

　　명을 내리사 내 잠을 방해하지 말라,

　　아니면 내 괘씸히 여기거나 죽일 것이다 하시더라도,

그런 엄명에도 불구하고,

헛바닥 갈라진 뱀 한 마리가 보여,

그것이 폐하를 향해 음흉하게 미끄러지듯 나아간다면,

의당 폐하께서는 깨어나셔야 하신다고,

그러지 않고, 그 해로운 잠을 계속 주무시게 두었다가는,

그 치명적인 뱀이 잠을 영원하게 만들지도 모른다고요.

하여 그러므로 그들이 외칩니다, 폐하께서 금하시더라도,

그들이 폐하를 지켜 드리겠다고요. 폐하께서 원튼 않튼,

거짓된 서포크 같은 잔혹한 뱀으로부터 말입니다,

독 묻어 치명적인 그의 침으로,

폐하의 사랑하는 삼촌, 그자보다 스무 배나 가치 있는 분이,

그들 말로는, 수치스럽게 목숨을 잃으셨으니까요.

평민들 〔안에서〕 국왕의 답변을, 솔즈베리 나리!

서포크 그럴 만하오 평민들, 난폭한 교양 없는 촌것들이니

이 따위 전언을 국왕께 보내지,

하지만 그대, 경께서는, 흔쾌히 고용되어,

보여 주시는구려 당신이 아주 능숙한 연설가라는 것을.

하지만 솔즈베리가 얻은 명예는 기껏

그가 대사 나리라는 거요

주정뱅이와 어중이떠중이들이 국왕께 파견한.

평민들 〔안에서〕 국왕의 답변을, 아니면 우리 쳐들어가겠소!

헨리 왕 가서, 솔즈베리, 그들 모두에게 내 말을 전하시오

그들의 극진한 사랑과 염려에 내가 감사하며,

그들이 그리 촉구하지 않았더라도,

내가 그들의 간청대로 하려 했다고.

참으로 내 생각이 매 시간 예언해 주고 있음이오
서포크를 매개로 나의 국가에 빚어질 재난을.
그리고 그러므로 하나님의 권위를 걸고 내 맹세하오,
그분에 훨씬 못 미치는 대리인이 나거니와,
그가 이 나라 공기를 오염시키는 일을
내 사흘 이상 두고 보지 않겠소, 어기면 죽으리로다.

　　　　솔즈베리 퇴장

마가릿 왕비 〔무릎 꿇으며〕 오 헨리, 제게 탄원을 허락해 주소서 고
　　결한 서포크를 위한.
헨리 왕 고결치 못한 왕비로다, 그를 고결한 서포크라니.
　　그만, 어명이오! 당신이 정말 그를 위해 탄원한다면
　　더할 뿐이로다 나의 분노를.
　　말을 한 이상, 나는 내 말대로 하는 것일 터,
　　그러나 내가 맹세를 한다면, 돌이킬 수 없게 되오.
　　〔서포크에게〕 만일 사흘의 기간이 지난 후에도 그대가
　　어디든 나의 영토에서 발견된다면,
　　세상을 다 주어도 그대의 몸값이 되지 못하리로다.
　　갑시다, 워릭, 가요, 훌륭한 워릭, 나와 함께.
　　중대 사항을 그대에게 알려 주리다.

　　　　헨리 왕과 워릭 퇴장. 시종들 함께 퇴장하면서 커튼을 닫는다. 마
　　　　가릿 왕비와 서포크는 남는다.

마가릿 왕비 〔몸을 일으키며〕 불행과 슬픔이 당신과 동행하기를!
　　마음의 불만과 신산한 역경이

놀이친구로 당신을 동반하기를 바라오!

그렇게 둘, 악마가 세 번째를 만들어,

세 겹 복수가 당신 발걸음에 따라붙기를!

서포크 그만두시오, 착하신 왕비, 이 저주를,

그리고 당신의 서포크가 슬픈 작별을 하게 두시오.

마가릿 왕비 못난이, 겁쟁이 여인네에다 여려 빠진 사람!

당신은 당신의 적을 저주할 기백도 없나요?

서포크 염병할 놈들! 왜 내가 저놈들을 저주해야 하오?

저주로 죽일 수 있다면, 흰독말풀 비명 소리가 그렇거니와,

내가 뱉어 낼 저주는 못지않게 신랄하고 사무치는 투,

못지않게 저주스럽고, 못지않게 거칠고, 끔찍하게 들릴 터,

악물은 이빨 새로 강력하게 퍼부어지고,

가득 찬 치명적인 증오의 내색들이 숱하기,

역겨운 동굴에 사는 여윈 여인 시샘과 같을 터.

내 혀가 내 진지한 말을 더듬을 것이고

내 눈이 부싯돌 때린 듯 불꽃을 튀길 것이고

내 머리카락이 곤두설 것이오, 미친 듯

아암, 온갖 관절이 저주하고 악담을 퍼붓는 듯할 게요.

그리고, 지금도, 내 무거운 가슴은 터져 버리겠지

내가 저들을 저주하지 않는다면! 독을 음료수로 마실 놈들!

담즙, 담즙보다 더 쓴 것이, 저놈들의 최고 진미이거라!

저들의 가장 상쾌한 그늘은 죽음의 삼나무 숲이거라!

저들의 가장 주요한 볼거리는 살인의 바실리스크이거라!

저들의 가장 부드러운 촉감은 도마뱀 쏘는 듯 날카롭거라!

저들의 음악 끔찍하기 뱀 쉭쉭 소리 같고,

불길한 비명 부엉이 연주단을 채우거라!

어둠에 자리 잡은 지옥의 온갖 불결한 공포가—

마가릿 왕비 그만, 상냥하신 서포크, 자학 마세요,

이 끔찍한 저주들이, 거울에 비친 태양처럼,

혹은 과하게 장전된 대포처럼, 되튀고

돌리잖아요 그 힘을 당신한테로.

서포크 당신이 내게 저주하라 해 놓고는, 이젠 멈추라?

지금 내가 추방된 이 땅을 걸고 맹세컨대

거뜬히 난 저주로 겨울밤을 보낼 수 있소,

설령 알몸으로 산꼭대기에 서 있대도,

살을 에는 추위가 결코 풀을 키운 적 없는 그곳에서,

그러고도 장난치며 1분을 보냈구나 생각할 수 있소.

마가릿 왕비 오 제발 그만하세요. 제게 주세요 당신 손을,

제가 그것을 슬픔의 눈물로 적실 수 있도록,

하늘의 비가 이곳을 적시더라도

그것이 내 슬픔의 표식을 씻어 내지 못하게 하시고요.

〔그녀가 그의 손바닥에 입을 맞춘다〕

오, 이 입맞춤이 당신 손에 인쇄되어

당신이 그것으로 이 입술을 생각할 수 있었으면,

천 번 한숨이 당신을 위해 새어 나올 그 입술 말입니다!

자 이제 가셔요, 내가 나의 슬픔을 알 수 있게끔.

당신이 곁에 있어 봐야, 생각일 뿐,

굶주림 생각을 실컷 포식하는 격입니다.

제가 당신의 추방을 철회시켜 드릴게요, 혹은, 잘 들어요,

스스로 추방될 위험을 무릅쓰겠어요.

그리고 전 추방된 셈이죠, 당신한테서 추방된 것만으로도.

가서요, 제게 말씀 마시고 지금 당장 사라지셔요!

오, 아직 가지 마셔요. 저주받은 두 친구가 이렇게도

포옹하고, 입 맞추고, 만 번의 작별을 하는군요,

이별을 죽기보다 백 배 더 싫어하면서.

그렇지만 이제 안녕, 그리고 당신과 함께했던 삶도 안녕.

서포크 이리하여 불쌍한 서포크는 열 번을 추방당하오—

한 번은 왕에 의해, 그리고 3 곱하기 3번은 당신 때문에.

땅이 아니오 내가 상관하는 것은, 당신이 거기 있다면,

황무지라도 인구가 충분하오,

서포크가 당신의 천상적인 동반을 누리는 것이니.

당신이 있는 곳에, 세계 자체가 있음이오,

뚜렷한 기쁨들을 골고루 갖춘.

그리고 그대가 없는 곳은, 황량하지.

더 이상 못하겠소. 살아서 당신은 즐기시오 당신의 삶을

내 자신은 그대의 살아 있음이 유일한 기쁨이오.

　　　복스 등장

마가릿 왕비 어디로 그리 서두르는가 복스? 무슨 소식이냐, 말해
　　주지 않겠느냐?

복스 폐하께 아뢰러 가는 중입니다.

보포트 추기경께서 위독하시다고요.

급작스레 중병이 그를 덮치니

그가 헉헉대고, 뚫어져라 쳐다보고, 펄쩍 뛰세요,

하나님을 신성모독하고 지상의 인간을 저주하면서.

어떤 때는 말하는 게 마치 험프리 공작의 유령이
그 곁에 있다는 투고, 어떤 때는 왕을 부르고,
국왕께 하듯 베개에 대고 속삭여 댑니다
짐이 너무 무거운 자기 영혼의 비밀을,
그래서 제가 왔습니다 폐하께 아뢰기 위하여
지금도 그가 울부짖으며 폐하를 찾는다고 말입니다.

마가릿 왕비 가서 말씀드려라 이 무거운 전언을 국왕께.

〔복스 퇴장〕

아아 나여! 어떻게 이런 일이? 이게 무슨 날벼락인가?
하지만 왜 내가 슬퍼하는 걸까 노년이 고인 되는 사망을,
서포크의 추방, 내 영혼의 보물의 추방을 무시하면서?
왜 오로지, 서포크, 당신만을 위해 내가 애도하고,
비 내리는 남쪽 구름과 눈물로 겨루지 않는 걸까요—
구름의 눈물은 대지에, 나의 눈물은 슬픔에 보탬 되면서?
이제 당신은 가셔요. 왕이, 아시다시피, 오고 있어요.
당신이 내 곁에 있는 걸 보면, 당신은 필히 죽습니다.

서포크 당신을 떠나면, 난 살 수 없소.
그리고 당신을 보며 죽는 것, 그것이야말로
당신 무릎 속 쾌락의 잠 아니겠소?
여기라면 내가 내쉴 수 있소 내 영혼을 허공 속으로,
온순하고 부드러운 요람의 아이가
입술 사이 어머니 젖꼭지를 문 채 죽는 것처럼,
당신이 안 보이는 곳이라면, 나는 미쳐 날뛰고,
울부짖겠지요 당신이 내 눈을 감겨 달라고,
당신이 당신 입술로 내 입을 막아 달라고,

그리하여 당신이 날아가는 내 영혼을 내게 돌려주거나

내가 그것을 내쉴 것이오, 그렇게, 당신 몸속으로—

〔그가 그녀와 입을 맞춘다〕

그러고 나면 그것은 극락에서 사는 것이오.

당신으로 하여 죽은 것은 농으로 죽는 것에 지나지 않고

당신으로부터 죽은 것은 죽음보다 더한 고통인 것을.

오, 날 머물게 해 주시오, 무슨 일이 벌어지든 벌어지게 두

고!

마가릿 왕비 가셔요. 이별은 고통스런 요법이지만

치명적인 상처에 쓰이는 것입니다.

프랑스로 가셔요, 나의 서포크. 제게 소식 주셔요.

이 세계의 지구 그 어느 곳에 당신이 계시더라도

나는 주노의 전령 무지개를 시켜 당신을 찾아낼 것입니다.

서포크 가리다.

마가릿 왕비 제 마음도 함께 가져가시고요.

그녀가 그에게 입을 맞춘다.

서포크 보석, 가치 있는 것을 담아 온 역사상

가장 비통한 함에 갇힌 그것이구려.

두 동강 난 배와도 같이, 그렇게 우린 헤어지오—

나는 이쪽, 떨어져 죽는 문으로.

마가릿 왕비 저는 이쪽으로.

따로따로 퇴장

3막 3장
추기경의 침실, 런던

🌹

헨리 왕과 솔즈베리 및 워릭 등장. 그런 다음 커튼이 열리면 침대
에 미친 것처럼 헛소리를 지껄이고 뚫어져라 쳐다보는 추기경이
드러난다.

헨리 왕 〔보포트 추기경에게〕 괜찮으시오 우리 경? 말하시오, 보포
트, 그대의 주군에게.

보포트 추기경 당신이 정말 죽음이시라면, 제가 당신께 잉글랜드
의 보물을

   그런 섬 또 하나 충분히 살 수 있을 만큼 바치겠으니,

   절 살려 주시고 아무 고통도 느끼지 않게 해 주사이다.

헨리 왕 아, 이 무슨 사악한 삶의 증세인가,

   임박한 죽음이 그리 끔찍해 보인다면.

워릭 보포트, 폐하께서 그대에게 말씀하시는 것이오.

보포트 추기경 날 재판하려면 하라 그래.

   그는 침대에서 죽지 않았나? 그가 어디서 죽었다는 거야?

   내가 사람을 살릴 수 있나 그들이 원튼 않튼?

   오, 나를 더 이상 고문하지 마세요―고백할게요.

   다시 살아났어? 그렇담 어디 있는지 내게 보여 줘 봐.

   천 파운드를 주지 그를 보여 주면.

두 눈이 없군! 먼지가 그를 눈멀게 했어.

빗어 다오 내 머리카락을─봐라, 봐. 곤두섰어,

내 끈끈이 발라 날개 달린 영혼을 잡으려는 나뭇가지처럼.

마실 것을 좀 다오. 그리고 약종상에게 일러라

내가 사 둔 그 강력한 독약을 가져오라고.

헨리 왕 오 하늘의 영원한 원동력이신 하나님,

굽어살피소서 온화한 눈으로 이 불쌍한 이를.

오, 물리쳐 주소서 번잡히 나서는 적들,

이 가여운 이의 영혼을 강하게 공략하는 그들을,

그리고 씻어 주소서 그의 가슴에서 이 깜깜한 절망을.

워릭 보세요 죽음의 단말마로 그가 이빨을 드러내는 것을.

솔즈베리 성가시게 말거라, 평안하게 가게 둬.

헨리 왕 그의 영혼에 평화를, 착하신 하나님의 뜻으로.

추기경, 천국의 축복을 생각하신다면,

손을 쳐드시오. 그대 희망의 신호를 보여요.

〔보포트가 죽는다〕

그가 죽는다 희망의 신호도 없이. 오 하나님, 용서하소서.

워릭 너무도 흉하게 죽음이 입증하네요 괴물의 삶을.

헨리 왕 판결을 삼가세요, 우리 모두 죄인이니까요.

그의 눈을 감겨 주고 커튼을 꽉 닫고,

모두 기도하십시다.

커튼을 닫으며 모두 퇴장. 침대가 치워진다.

제4막

그 어떤 신하도 국왕 자리에 오르기를 바람이
내가 지금 신하 되기를 바라고 갈구함만 못했을 거요.

4막 1장

켄트 주 해변에서 떨어진 바다

🌹

안에서 전투 경보, 그리고 해전이 벌어지는 듯 소구경 포 발사 소리. 그런 다음 해적 우두머리, 배의 선장, 항해사, 월터 위트모어 및 다른 사람들이, 포로인, 변장한 서포크 공작과 두 신사를 데리고 등장

해적 우두머리 번쩍번쩍하는, 내막을 폭로하는, 회한의 날이
　　　기어들었구나 바다의 가슴 속으로,
　　　그리고 이제 크게 울부짖는 늑대들이 일깨운다 용들,
　　　비극적 우울의 밤을 질질 끄는 그것들을,
　　　용들은, 졸린, 느린, 그리고 축 늘어진 날개로
　　　죽은 자들의 무덤을 껴안고, 안개 낀 턱으로
　　　내뿜는다 더러운 오염된 어둠을 공중에.
　　　그러니 데려오라 나포한 배의 병사들을,
　　　우리의 작은 배가 정박의 닻을 내린 동안
　　　여기 백사장에서 그들이 몸값을 마련하든지
　　　자기들 피로 이 해변 색을 바꾸든지 둘 중 하나다.
　　　선장, 〔첫 번째 신사를 가리키며〕 이 포로를 무상으로 당신께 주리다,
　　　〔항해사에게〕 그리고 당신, 항해사는, 이자를 취하시오.

〔그가 두 번째 신사를 가리킨다〕

〔월터 위트모어에게〕 저자는 〔서포크를 가리키며〕 월터 위트모어,
　　당신 몫이오.

첫 번째 신사 〔선장에게〕 내 몸값이 얼마요, 선장, 말해 주시오.

선장 금화 천 개, 아니면 네놈 목을 내놓든가.

항해사 〔두 번째 신사에게〕 네놈도 같은 액수를 내야 해, 아니면 네
　　놈 목도 날아간다.

해적 우두머리 〔두 신사에게〕 뭐냐, 금화 2천 개가 많다는 거냐,
　　그러고도 네놈들이 신사 호칭을 쓰고 거들먹거려?

위트모어 두 놈 모두 목을 잘라라! 〔서포크에게〕 넌 죽어야 하거든.
　　전투 중 우리가 잃은 사람들 목숨에 비하면
　　보상으로는 턱없이 초라한 액수다.

첫 번째 신사 〔선장에게〕 드릴 테니, 선생, 내 목숨을 살려 주시오.

두 번째 신사 〔항해사에게〕 저도요, 그리고 곧바로 집에 편지를 쓰겠
　　소.

위트모어 〔서포크에게〕 난 눈을 잃었어 나포선에 오르다가,
　　그러니 그 복수를 위해, 네놈을 내가 죽일 것이야—
　　그리고 이 두 놈도 마찬가지, 내 뜻대로 할 수 있다면.

해적 우두머리 성급한 생각, 몸값을 받아야지. 살려 주시구려.

서포크 내 조지 성인 기사문장을 봐 주세요—전 신삽니다.
　　제 몸값을 얼마로 치시든, 제가 반드시 드리겠습니다.

위트모어 나도 신사니라, 내 이름은 월터 위트모어고.

　　〔서포크가 그를 뚫어져라 쳐다본다〕

　　왜 그래—왜 놀라? 뭣 때문에 질겁하는 게야?

서포크 당신 이름 때문에 질겁하오, 그 발음에 죽음 있으니.

어떤 점성술사가 내 운세를 점치고는,

일러주었소 내가 '워터', 물에 의해 죽게 될 것이라고.

하지만 그렇다고 피에 굶주린 마음 먹지 마오.

당신 이름은 골티에지요, 프랑스어로 물을 제대로 발음하면.

위트모어 골티에건, 월터건, 워터건—난 개의치 않아.

하지만 어느 놈이든 그 이름에 비열한 불명예를 씌우면

반드시 우리는 가문의 칼로 씻어 냈지 그 얼룩을.

그러므로, 장사치처럼 내가 복수를 팔아치운다면,

부숴도 좋다 내 칼을, 가문의 문장을 찢어 뭉개도,

그리고 나를 겁쟁이라고 전 세계에 널리 알려도 좋다.

서포크 멈추시오, 위트모어, 당신의 포로는 군주입니다,

서포크 공작, 윌리엄 들라 폴이요.

위트모어 서포크 공작이 누더기를 뒤집어써?

서포크 그렇습니다만, 이 누더기는 공작 게 아니랍니다.

주피터가 이따금씩 변장을 했는데, 나라고 별수 있나요?

해적 우두머리 다만 주피터는 살해된 적이 없지 네놈과 달리.

서포크 이름은 모르지만 이가 끓는 촌놈, 헨리 왕의 혈통,

랭커스터의 명예로운 피를,

마구간지기 따위가 흘려선 안 되지.

네가 손에 입 맞추어 예를 표하고 들지 않았더냐 내 등자를?

맨 머리로 터벅터벅 내 잘 차려입은 노새 곁에서 걷다가

내가 머리를 끄덕일 때 흡족한 마음이 들던 네놈 아니냐?

얼마나 자주였느냐 네놈이 내 술잔 시중을 들고,

내 접시에 담은 걸로 배 채우고, 식탁에 무릎 꿇었던 것이,
내가 마가릿 왕비와 연회를 가질 때에?
그것을 상기하고, 볏을 내리라,
아무렴, 그리고 가라앉혀야지 네놈의 이 괴상한 방자함을,
잊었느냐 우리 집 대기방에 서서
내가 나오기를 마냥 기다렸던 네 모습을?
나의 이 손이 썼느니라 네놈 추천장을,
그러니 네놈은 다물거라 그 난동의 혀를.

위트모어 어쩔까요, 대장—이 형편없는 촌뜨기 쑤셔 버릴까?

해적 우두머리 우선 내가 쑤셔 버리겠어 이자가 한 대로.

서포크 천한 노예 놈, 네 말은 날이 무뎌, 너도 그렇고.

해적 우두머리 이놈을 끌고 가고, 우리 큰 배 옆구리에서
        이놈 대갈통을 쳐내게.

서포크 네놈이 감히 직접은 못하겠지.

해적 우두머리 풀—

서포크 내 성은 폴이다. 풀, 바보라고?

해적 우두머리 그래, 이 하수구, 웅덩이, 시궁창 같은, 네 추행과
    오물이
      잉글랜드의 은빛 식수원을 더럽히니,
      이제 내가 둑으로 막아 주마 크게 벌린 네놈 아가리를,
      왕국의 보물을 집어삼킨 죄로 말이다.
      왕비와 입 맞추던 네 입술 땅바닥을 쓸게 될 것이고,
      홀 립하신 힘프리 공삭의 숙음에 미소 짓던 네놈은
      무정한 바람에 대고 헛되이 씨익 웃겠지,
      바람은 네놈을 경멸하며 네놈한테 다시 쉿쉿거리겠고.

그리고 넌 지옥의 할망구들과 맺어질 게다,

강력한 군주를 감히 결혼시켰던 네놈은,

하잘것없는 왕의 딸과,

신민도, 재산도, 왕관도 없는 왕의 딸과 말이다.

악마의 술책으로 네놈은 대단한 신분이 되었지,

야욕의 로마 독재자 실라처럼, 포식했어

네 모국의 피 흘리는 심장을 받침잔 삼아.

바로 네놈이 앙주와 마인을 프랑스에 팔아먹었어,

거짓되고 반역적인 노르만인들이, 네놈 때문에,

경멸한다, 우리를 주인으로 섬기는 일을. 피카디가

자기들 행정관을 살해했고, 우리 요새들을 습격했고,

보냈다 누더기 병사들, 부상병들을, 집으로.

군주다우신 워릭, 그리고 네빌 가문 전체가,

그들은 헛되이 칼을 뽑은 적이 한 번도 없는바,

네놈을 증오하여, 무장 봉기 중이다.

그리고 이제 요크 가문이, 왕좌에서 밀려났지만,

죄 없는 리처드 2세 왕은 살해당하고

거만한, 오만한, 권리 침해의 폭정에 시달렸으나,

불타고 있는 중이다 복수의 불로, 그 희망 찬 깃발들이

드러내지 구름 뚫고 솟는, 빛날 참의 에드워드 태양 휘장을,

그 밑에는 라틴어로, '구름에도 불구하고'라 쓰여 있고.

이곳 켄트 주 평민들이 무장봉기 중이고,

마지막으로, 비난과 구걸이

우리 국왕의 궁전으로 스며들었는바,

모두 네놈 탓이다. 〔위트모어에게〕 가라, 이자를 끌고 가.

서포크　오 내가 신이라면, 벼락을 내릴 텐데
　　　　이 지질한, 비굴한, 비천한 잡일 종놈들한테.
　　　　사소한 걸로 교만해지지 천한 것들은. 여기 이 악당은,
　　　　고작 쌍돛대 작은 배 우두머리 주제에 불호령이
　　　　바르굴루스, 그 강력한 고대 일리아의 해적보다 더하구나.
　　　　딱정벌레들은 독수리 피를 빨지 않지, 벌집을 약탈할 뿐.
　　　　불가능하다 내가 죽게 된다는 것은
　　　　네놈처럼 비천한 신분의 종자한테 말이다.
　　　　네놈 말은 내게 분노를 일으켜, 후회가 아니라.
해적 우두머리　그러나 내가, 서포크, 곧 그 분노를 그치게 할 터.
서포크　난 왕비의 전령으로 프랑스엘 가는 중이다―
　　　　내 네게 명하노니, 이 해협 너머로 날 무사히 실어 가거라.
해적 우두머리　월터―
위트모어　가자, 서포크, 내가 널 네 죽음으로 실어 가야겠다.
서포크　차가운 두려움이 내 사지를 거의 온통 덮치나니―
　　　　네놈이 나는 두렵구나.
위트모어　네놈을 보내기 전에 알려 주지 그 두려움의 까닭을.
　　　　뭐야, 당신 지금 기가 꺾인 게야? 이제 몸을 숙이겠다?
첫 번째 신사　〔서포크에게〕자애로운 영주님, 애원하세요 그에게―
　　　　말투를 곱게 하세요.
서포크　서포크의 위엄 있는 혀는 엄하고 거칠다,
　　　　명을 내리는 데 익숙하고, 은총을 비는 법 배우지 않았으니.
　　　　어림도 없지 우리가 이런 자들을 명예롭게 해 주다니,
　　　　겸손한 청으로써 말이다. 안 되지, 차라리 내 머리를
　　　　숙여 단두대에 놓을망정 무릎은 구부리지 못한다

하늘의 하나님과 나의 국왕께 말고는,
그리고 효수된 머리로 피투성이 막대 위에서 춤출망정
알몸으로 서 있지는 않겠다 상스러운 마구간지기한테.
진정한 고결함은 두려움을 면제받는 법
나는 견딜 수 있어 네놈이 감히 집행하는 것 이상을.
해적 우두머리 그를 끌고 가, 더 이상 떠드는 것 듣기 싫다.
서포크 오너라, 졸개들, 온갖 잔혹을 부려 봐,
나의 이 죽음이 잊혀지지 않도록.
위대한 인물도 가끔 가난한 평민 신병들한테 죽으니,
로마의 웬 칼잡이이자 흉악한 무법자가
살해했지 마음씨 고운 툴리를, 브루투스의 애비 없는 손이
비수를 꼽았어 줄리어스 시저한테, 섬 야만인이 죽인 건
위대한 폼페이, 그리고 서포크는 해적한테 죽노라.

　　　　　위트모어가 서포크를 데리고 퇴장

해적 우두머리 그리고 우리가 몸값을 받을 자들은,
둘 중 하나를 보내 주마.
〔두 번째 신사에게〕 그러니 넌 우리와 남고 〔그의 부하들에게, 첫
번째 신사를 가리키며〕 그는 보내 주거라.

　　　　　모두 퇴장. 첫 번째 신사는 남는다.
　　　　　위트모어, 서포크의 머리와 몸통을 들고 등장

위트모어 여기다 이놈 머리통과 죽은 몸통을 놔두지,
이놈 애인 왕비더러 묻으라고. 〔퇴장〕
첫 번째 신사 오 야만적이고 피비린 광경이로다!

그의 시신을 왕께 가져가야지.

그가 복수를 안 해도, 그의 친구들은 해 주겠지.

왕비가 해 줄 거야, 살았을 때 그를 좋아했으니까.

서포크의 머리와 몸통을 갖고 퇴장

4막 2장

블랙히스('검은 황무지'), 켄트 주

장대를 들고 두 반도 등장

첫 번째 반도 가서 칼을 만들어, 나무 조각으로라도. 반란이 일어난 지 이틀째 아닌가.

두 번째 반도 그렇담 지금은 잠이 더 급하겠군.

첫 번째 반도 농담 아니고, 옷감 마무리 직공 잭 케이드가 왕국에 옷을 입히겠다는 거야, 안감을 바깥으로 뒤집고, 결을 개선하고 말이지.

두 번째 반도 그럴 필요가 있지, 나달나달하니까. 맞아, 내 장담컨대 잉글랜드에 즐거운 세상은 결코 없었다, 신사들이 유행한 이래로.

첫 번째 반도 오, 형편없는 시대지! 수공인들은 미덕을 모른다 이거지.

두 번째 반도 귀족들은 가죽 앞치마 입는 걸 경멸한다니까.

첫 번째 반도 뿐인가, 추밀원에 훌륭한 일꾼 하나 없잖나.

두 번째 반도 맞아, '네 생업에 힘쓰라'고 했는데 말이지. 그 말은 '행정장관들도 막일꾼이게 하라'는 얘기가 되지. 그러므로, 우리가 행정장관을 해야 한다는 얘기도 되고.

첫 번째 반도 너 말 한번 제대로 했다. 못이 박힌 손이야말로 훌륭
　　한 심성의 표식이니까.
두 번째 반도 저기 온다! 저기 그들이 와! 저건 베스트의 아들이
　　야, 웡검의 무두장이 말야―
첫 번째 반도 그가 우리 적들의 가죽을 벗겨 개가죽쯤으로 쓰면 되
　　겠네.
두 번째 반도 백정 딕도―
첫 번째 반도 그렇담 죄가 황소처럼 한 방에 거꾸러지고, 불의는
　　송아지처럼 목이 잘리겠구나.
두 번째 반도 직공 스미스도―
첫 번째 반도 그러므로, 그들 생명의 실이 짜지고.
두 번째 반도 가세, 가, 저들과 뜻을 합쳐야지.

　　　　잭 케이드, 백정 딕, 직공 스미스, 톱장이, 그리고 고수 한 명이,
　　　　모두 장대를 든 무수한 인원들과 함께 등장

케이드 짐은, 존 케이드다. 아버지한테 물려받은 이름으로―
백정 〔그의 친구들에게〕 아니면 뭐랄까 청어 한 통을 훔쳐서 그 이
　　름 케이드거나.
케이드 짐의 적들 추락하리라, 왕과 군주들을 진압하는 정신으로
　　고취된 짐 앞에서, 케이드는 추락이므로―조용히 못할까!
백정 조용히 하시오!
케이드 내 아버지는 모티머 가문―
백정 〔그이 친구들에게〕 모르타르 칠하던 그 친구 사람 정직하고 미
　　장 솜씨 훌륭했는데.
케이드 내 어머니는 플랜타저넷 가문―

백정 〔그의 친구들에게〕 내 그녀를 잘 알지, 산파였다구.

케이드 내 아내는 레이시 가문 –

백정 〔그의 친구들한테〕 그녀는 정말 행상인 딸이고 레이스를 엄청 팔았어.

직공 〔그의 친구들에게〕 하지만 최근에는, 그 털가죽 꾸러미를 갖고 다닐 수가 없어, 여기 고향에서 빨래나 해 주며 살지.

케이드 그러므로 나는 명예로운 가문 출신이로다.

백정 〔그의 친구들에게〕 그래, 정말, 들판은 명예로운 거야, 거기서 그가 태어났어, 산울타리 아래서. 왜냐면 그의 아버지는 감옥 있을 때 말고는 집이 한 번도 없었으니까.

케이드 용감하다 나는—

직공 〔그의 친구들에게〕 아무렴, 동냥은 아무나 하나.

케이드 나는 엄청 견딜 수 있다—

백정 〔그의 친구들에게〕 그건 의문의 여지가 없어, 내가 봤는데 장 장 사흘 동안을 내리 부랑자 다스리는 매를 맞더라니까.

케이드 나는 칼도 불도 두렵지가 않다.

직공 〔그의 친구들에게〕 칼은 겁낼 필요가 없지, 그의 외투에 긴 때 가 천하무적 철갑이거든.

백정 〔그의 친구들에게〕 하지만 불은 겁날 거라고 봐, 양 한 마리 훔 친 죄로 손에 불도장이 찍혔거든.

케이드 용감하라, 그렇다면, 너희들 대장이 용감하고 개혁을 서 약하므로. 잉글랜드에서는 일곱 페니 반짜리 빵을 1페니에 팔고, 세 되 가격으로 열 되를 살 수 있게 되리라. 그리고 약 한 맥주 마시는 자 중죄로 다스릴 것이다. 영토 전체를 공유 지로 만들고, 런던 번화가 치프데일에서 내 안장 없은 말이

풀을 뜯으리로다. 그리고 내가 왕이 되면, 나는 왕으로서―

케이드 추종자들 모두 폐하 만세!

케이드 감사하노라 너희 착한 백성들!―돈을 일체 없앨 것이다. 모두 나의 비용으로 먹고 마시게 할 것이고, 모두 한 복장을 입혀 사람들이 형제처럼 일치케 하고, 날 그들의 주인으로 떠받들게 할 것이다.

백정 맨 먼저 변호사들을 모조리 죽여 버리지요.

케이드 오냐, 그럴 참이다. 통탄할 일 아니겠느냐 순진한 양의 껍질로 양피지를 만들다니? 그 양피지가, 그 위에 뭔가를 휘갈겨 쓰면, 사람을 잡는다는 것이? 벌이 쏜다고 말하는 사람들이 있지만, 내 말하노니 정말 쏘는 것은 봉랍이니라. 왜냐면 내 딱 한 번 어떤 것에 봉랍을 했는데, 그 뒤로 나는 한 번도 내 자신의 사람이었던 적이 없었나니. 뭔가? 누가 오는가?

몇몇이 체이텀의 서기를 데리고 등장

직공 체이텀의 서기요―쓰고 읽고 셈도 하는 잡니다.

케이드 오, 괴물이로다!

직공 학생들 연습문제 쓰고 있는 걸 잡았소.

케이드 악당이구나.

직공 주머니에 붉은 글씨 책이 들어 있었구요.

케이드 아니, 그렇담 주술사로다!

직공 예, 채무증서와 법정 문서 양식도 알고요.

케이드 유감이로다. 생긴 긴 밀쑥한 세, 내 맘에 드는데. 죄가 없다면, 저자를 죽이지 않으리라. 이리 오너라, 이놈, 심문을 해야겠다. 이름이 무엇인고?

서기 엠마누엘입니다.

백정 '신이 우리와 함께'. 편지 앞머리에 종종 쓰는 말이죠—골치
　　　아프게 생겼네요.

케이드 끼어들지 말거라. 〔서기에게〕 너는 보통 네 이름을 글씨로
　　　쓰느냐? 아니면 네 자신 만의 표식이 있느냐 정직하고 솔직
　　　담백한 사람답게?

서기 이보시오, 나는 하나님께 감사하오, 내가 교육을 잘 받아 내
　　　이름을 쓸 수 있게 된 것을.

케이드 추종자들 모두 그가 자백하였소—저놈을 죽이시오, 저놈은
　　　악당이고 반역자요.

케이드 그를 죽이라, 내가 말하노니 펜과, 뿔 잉크병을 그의 목에
　　　걸고 목을 매달거라.

　　　　　한 사람이 서기를 데리고 퇴장
　　　　　사자 등장

사자 어디 계시오 우리 장군님은?

케이드 여기 있노라, 너 졸개 놈아.

사자 도망치라, 어서, 도망치거라! 험프리 스태포드 경과 그의 동
　　　생분이 국왕의 병력을 이끌고 목전에 임하였으니.

케이드 서라, 이놈, 게 서라—아니면 네놈을 찍어 넘길 테다. 그를
　　　맞아 싸울 것이다 그에 못지않은 사내가. 그는 기사일 뿐이
　　　야, 그렇지?

사자 기사이시오.

케이드 그와 대등하게 내가 날 기사로 봉하노라 당장.

　　　　　〔그가 무릎을 꿇고 자신을 서작한다〕

일어나시오, 존 모티머 경.

　　　　　〔그가 몸을 일으킨다〕

이제 그를 상대해 주마!

　　　　험프리 스태포드 경과 그의 동생이 고수 및 병사들과 함께 등장

스태포드　〔케이드 추종자들에게〕 농사꾼 역도들, 켄트 주의 쓰레기이
　　　자 버캐들아,

　　　　교수대 가기 싫으면, 무기를 내려놓아라.

　　　　귀가하라 너희들 시골집으로, 버리거라 이 말구종 따위를.

　　　　국왕은 자비로우시다, 너희가 이자한테 반역한다면.

스태포드 동생　〔케이드 추종자들에게〕 하지만 성나고, 분노에 차고,
　　　유혈 쪽으로 마음이 기우시지,

　　　　그대들이 계속 나아간다면. 그러니, 항복 아니면 죽음이다.

케이드　〔그의 추종자들에게〕 이 비단 외투 짜리들이 뭐라든, 난 상관
　　　않겠노라.

　　　　너희, 착한 백성들에게, 내가 말하는 것이노라.

　　　　너희들을, 장차 올 날에, 내가 다스리고자 하는 것이니―

　　　　왜냐면 나는 정당한 왕위 계승자니라.

스태포드　이놈, 네놈 아비는 미장이였고

　　　　네놈 자신은 옷감 마무리직공이야, 아니더냐?

케이드　아담은 정원사였고.

스태포드 동생　무슨 뚱딴지같은 소리?

케이드　참으로, 이런 얘기지. 에드먼드 모티머, 마치 백작은,

　　　　클래런스 공작의 딸과 결혼했어, 아닌가?

스태포드　맞다, 이놈.

케이드 그녀한테서 그는 쌍둥이를 얻었어.

스태포드 동생 그건 거짓말.

케이드 그래, 그게 문제야—하지만 내 말하노니 진실이노라.

　　　　그중 맏이는, 유모한테 맡겨졌는데,

　　　　거지 여인이 훔쳐 갔지,

　　　　그리고, 자신의 출생과 부모를 모르는 채,

　　　　미장이가 되었어 다 자라서는.

　　　　그의 아들이 나니라—부인해 보거라 할 수 있다면.

백정 맞소, 너무도 맞는 말이오—그러니 그가 왕이 될 것이오.

직공 이보쇼, 그가 내 아버지 집 굴뚝을 지었고, 벽돌이 오늘도
　　　살아서 증언하고 있어, 그러니 부인 말라구요.

스태포드 〔케이드 추종자들에게〕 그래서 너희가 이 천한 잡일꾼의 말
　　　　을 믿겠다는 거냐

　　　　　자기도 모르는 말이거늘?

케이드 추종자들 모두 그렇다, 참으로, 우리는—그러니 꺼져라.

스태포드 동생 잭 케이드, 요크 공작이 네게 이를 가르쳤으렸다.

케이드 〔방백〕 거짓말, 내가 스스로 꾸며낸 건데.

　　　　〔큰 소리로〕 예끼, 이놈—왕한테 내 말 전하거라 그의 아버지,
　　　　헨리 5세를 봐서, 그분 치세 때 아이들이 가서 프랑스 왕관 따
　　　　먹기 시합을 했으니, 그가 다스리는 건 괜찮지만 내가 그 위
　　　　호국경을 하겠노라고.

백정 그리고, 더 나아가, 우리는 세이 영주의 목을 가질 것이라
　　　고, 마인 공작령을 팔아넘긴 죄로 말이다.

케이드 이유도 충분하고, 왜냐면 그래서 잉글랜드가 불구의 몸이
　　　　되었고, 내 힘이 떠받쳐 주지 않으면 지팡이라도 짚어야 할

판이노라. 동료 왕들이여, 내 그대들에게 말하노니 세이 영주
는 왕국을 거세하고, 내시로 만들어 버렸노라. 그리고, 그보
다 더한 것은, 그가 프랑스어를 할 줄 아노라. 그러니 그는 반
역자니라!

스태포드 오 이토록 막돼먹고 형편없게 무지할 수가!

케이드 그래, 답해 보라 할 수 있으면―프랑스인들은 우리의 적
이야. 젠장, 그렇다면 내 질문은 이것뿐―적의 혀로 말하는
자가 훌륭한 의논 상대겠는가 아니겠는가?

케이드의 추종자들 모두 아니오, 아니오―그러니 우리에게 내놓아
라 그놈의 머리통을!

스태포드 동생 〔스태포드에게〕 그래요, 좋은 말로는 안 될 것 같으니,
국왕의 군대로 저들을 공격할 밖에요.

스태포드 전령, 가거라, 가서 모든 시 전역에
선포하라 케이드 편에 서는 자 반역자라고,
전투가 끝나기 전에 도망치는 자,
발각되면, 그들의 아내와 아이들이 보는 데서
본보기로 그들 현관에서 교수형에 처해지리라고.
그리고 왕의 친구일 자, 나를 따르라!

　　　스태포드 형제와 그의 병사들 퇴장

케이드 그리고 평민을 사랑할 자, 나를 따르라!
이제 스스로 보이거라 사내임을―자유를 위해서니라.
한 명의 영수도, 한 명의 신사도 남겨 두지 않을 것이다―
아무도 살려 주지 마라 징 박은 구두 신은 자 말고는,
그들은 검소하고 정직한 사람들이고, 하고 싶지만,

겁이 나 우리 편에 가담하지 못하는 경우이니.

백정 저들이 모두 정렬하고, 우릴 향해 오고 있소.

케이드 하지만 우리는 정렬인 거야 우리가
　　　 가장 무질서할 때. 가자, 진군 앞으로!

　　　 모두 퇴장

4막 3장

장면 계속

🌹

전투 경보. 소규모 전투들, 거기서 스태포드 형제가 모두 살해당
한다. 잭 케이드, 백정 딕, 그리고 나머지 사람들 등장

케이드 어디 있는가 딕, 애쉬포드의 백정은?

백정 여기 있습니다, 나리.

케이드 저들이 그대 앞에서 양과 황소들처럼 거꾸러지더군, 그리
고 그대는 행동이 마치 그대 자신의 도살장에 있는 것 같았
고. 그러므로, 이렇게 내가 그대에게 상을 내리노라―사순절
기간을 40일에서 80일로 늘이겠다. 그대에게는 도살 가축 수
를 백에서 하나 뺀 마리까지 허가하노라.

백정 더 바랄 게 없습니다.

케이드 그리고 사실, 그대는 그럴 자격이 되노라.

〔그가 스태포드의 갑옷을 차려 입는다〕

승리의 이 기념물을 내가 지니겠노라, 그리고 시신을 내 말
뒷발로 질질 끌게 하여 런던까지 가서, 런던 시장의 검을 짐
에게 바치게 하겠노라.

백정 우리가 잘되고 또 좋은 일을 하려면, 옥을 부수고 죄수들을
풀어 줘야 합니다.

케이드 그건 걱정 말라, 내 보장하겠다. 자, 런던으로 진군하자.

스태포드 형제의 시신을 질질 끌며 모두 퇴장

4막 4장

궁정, 런던

탄원서를 읽으며 헨리 왕, 서포크의 머리를 들고 왕비, 버킹검 공작, 그리고 세이 영주, 다른 사람들과 함께 등장

마가릿 왕비 〔방백〕 종종 들었어 슬픔은 마음을 약하게 하고,

소심케 하고 나약케 한다고.

생각해야 해, 그러므로, 복수를, 울음을 그치고.

하지만 어느 누가 울음을 그치고 이것을 볼 수 있을까?

그의 머리는 여기 이 고동치는 가슴에 누우면 되지만,

내가 껴안을 그 몸은 어디 있단 말인가?

버킹검 〔헨리 왕에게〕 어떤 답을 주시렵니까 폐하께서는 역도들의

탄원에?

헨리 왕 거룩한 주교분을 보내 달래어 보라 하겠소,

하나님이 금하십니다 그토록 많은 단순한 영혼들이

칼에 목숨을 잃게 하는 짓을. 그리고 나 자신,

피에 굶주린 전쟁이 그들을 절딴내게 하느니,

차라리 그들의 장군 잭 케이드와 대화를 할 참이오.

하지만 짐깐, 다시 한 번 읽어 보겠소.

그가 읽는다.

마가릿 왕비 〔서포크의 머리에게〕 아, 야만적인 악한들! 이 사랑스런
　　얼굴이

　　　　별처럼 내 운명을 지배했건만,

　　　　뉘우치게 강제할 수는 없었단 말인가,

　　　　이 얼굴을 볼 자격조차 없는 그자들을?

헨리 왕 세이 영주, 잭 케이드가 필히 갖겠다오 그대 머리를.

세이 그렇지만, 폐하께서 그자 머리를 갖게 되지 않을까요.

헨리 왕 〔마가릿 왕비에게〕 괜찮으시오, 왕비? 여직 한탄하고

　　애도하시는 거요 서포크의 죽음을?

　　　　아무래도, 여보, 내가 죽었더라면,

　　　　나를 위한 애도조차 그 정도는 아니었을 것 같구려.

마가릿 왕비 아니죠, 여보, 애도를 왜 해요, 당신 따라 죽을 거예
　　요.

　　　　　　사자 허겁지겁 등장

헨리 왕 어인 일인가? 무슨 소식이냐? 왜 그리 허겁지겁인가?

사자 역도들이 사우스와크를 점령했습니다—피하소서, 폐하!

　　잭 케이드가 자신을 모티머 영주로 선포했어요,

　　클래런스 공작 가문 출신이라면서,

　　그리고 폐하를 찬탈자라 부릅니다. 공개적으로,

　　맹세코 웨스트민스터에서 대관식을 치르겠다 하고요.

　　그의 군대는 누더기 차림의 다중이에요.

　　평민과 농사꾼들의, 거칠고 무자비한.

　　험프리 스태포드 경과 그 동생의 죽음이,

　　그들에게 담력과 용기를 주어 진군케 했지요.

모든 학자, 변호사, 궁정 신하, 신사들을,

그들은 기만적인 기생충으로 매도하고, 죽이겠답니다.

헨리 왕 오 죄 많은 사람들, 저들은 저들 하는 일을 모르나니.

버킹검 인자하신 폐하, 물러나 계십시오 케닐워스 궁으로,

병력을 일으켜 저들을 진압할 때까지.

마가릿 왕비 아, 서포크 공작이 지금 살아 있다면

이 켄트 주 역도들 따위는 이내 잠잠해졌을 텐데!

헨리 왕 세이 영주, 천민 역도들이 그대를 증오하오─

그러니 짐과 함께 케닐워스로 갑시다.

세이 그러면 폐하 옥체가 위험해지십니다.

제 모습이 그들 눈에는 가증스러울 터이니,

저는 그러므로 이 도시에 머물러

가능한 은밀하게 홀로 지내보렵니다.

또 다른 사자 등장

두 번째 사자 〔헨리 왕에게〕잭 케이드가 거의 장악했습니다 런던 다
리를,

시민들이 달아나며 자기들 집을 버렸구요.

악당들 무리가, 먹이를 갈구하며,

반역자와 합류하고 그들이 합동으로 맹세를 해요

도시와 폐하의 궁정을 약탈하겠다고.

버킹검 〔헨리 왕에게〕그렇담 지체 마소서, 폐하. 가라, 말을 가져
와!

헨리 왕 가요, 마가릿. 우리의 희망 하나님께서, 우리를 구원하실
게요.

마가릿 왕비 〔방백〕 내 희망은 사라졌소, 서포크가 고인이니.

헨리 왕 〔세이에게〕 안녕, 우리 영주. 조심하오 켄트 역도들을.

버킹검 〔세이에게〕 아무도 믿지 마시오, 배반당할지 모르니.

세이 내가 믿는 것은 나의 무죄고,

　　　그래서 나는 과감하고 단호한 것이오.

　　　　　세이가 한쪽 문으로, 나머지는 다른 쪽 문으로 모두 퇴장

4막 5장

런던탑

🌹

탑 위로 스케일즈 대신 등장, 걷고 있다.
아래로 시민 서너 명 등장

스케일즈 어찌 됐는가? 잭 케이드는 살해되었느냐?

첫 번째 시민 아닙니다, 스케일즈 경, 살해될 것 같지도 않네요, 그
와 그 부하들이 다리를 장악했거든요. 그들에게 저항하는 사
람들을 모두 죽이고 말입니다. 런던 시장께서 나리의 지원군
을 앙망하십니다. 탑에서 나와 도시를 역도들로부터 지켜 주
십사고요.

스케일즈 내가 원병을 내어 너희한테 인솔케 해야겠으나
여기도 역도들 때문에 내가 곤란할 정도로구나.
역도들이 탑을 장악하려 시도했느니라.
너희는 스미스필드로 가서, 거기서 병력을 모으거라,
그러면 내가 그리로 매슈 고우를 보내 주마.
싸우거라 너희의 왕, 너희의 조국과, 너희의 목숨을 위해!
그러니, 안녕, 내가 다시 가봐야겠으니.

위에서 스케일즈, 아래에서 시민들이 모두 퇴장

4막 6장

캔논 거리, 런던

🌹

> 잭 케이드, 직공, 백정, 그리고 나머지 등장. 케이드가 '런던 돌'을 칼로 내리친다.

케이드 이제 모티머가 이 도시의 영주로다. 그리고, 이 런던 돌 위에 앉아, 내가 명하고 지시하노니, 시의 재정으로, '오줌 누는 도관'에는 일체 프랑스산 적포도주만 흐르게 하라. 짐의 치세의 올 첫해는. 그리고 지금부터 나를 모티머 영주 말고 다른 이름으로 부르는 자 반역죄를 면치 못하게 될 것이다.

> 병사 한 명 뛰어서 등장

병사 잭 케이드, 잭 케이드!
케이드 제기랄, 저놈을 때려 눕혀라!

> 그들이 그를 죽인다.

백정 이자가 현명하다면, 결코 더 이상 당신을 잭 케이드라 부르지 않을 것이오, 아주 제대로 된 경고를 받았다고 봅니다.
〔그가 병사 몸에서 쪽지를 집어 들고 그것을 읽는다〕
영주님, 군대가 스미스필드에 집결해 있답니다.
케이드 그렇담 가야지, 가서 그들과 싸우자구—하지만 우선, 가서 런던 다리에 불을 지르라. 그리고, 가능하다면, 탑도 태워 버리라. 자, 가자.

모두 퇴장

4막 7장

스미스필드, 런던

🌹

전투 경보. 소규모 전투들, 그 와중에 매슈 고우와 그의 부하들 전원이 살해당한다. 그런 다음 잭 케이드가 백정, 직공, 그리고 반도 존을 포함한 일행과 함께 등장

케이드 됐고, 이보게들, 일부는 가서 사보이 저택을 허물어 버리게. 다른 일부는 법학원으로—모조리 죽이라.

백정 영주님께 드릴 소청이 있습니다.

케이드 그게 영주 자리라 해도, 주겠노라 말만 하라.

백정 다만 잉글랜드의 법이 영주님 입에서 나오기를 바라는 것입니다.

존 〔그의 친구들에게 방백〕 분명, 그렇담 가혹한 법일 게야, 왜냐면 그는 입을 창에 찔렸거든, 그리고 아직 온전치가 않다구.

직공 〔존에게 방백〕 아냐, 존, 악취 나는 법일 게야, 왜냐면 구운 치즈를 먹어서 그의 숨은 악취가 심하거든.

케이드 내 그걸 생각해 보았노라—이렇게 하리로다. 가라! 태워버려라 왕국의 모든 기록을! 내 입이 잉글랜드의 의회 되리로다.

존 〔그의 친구들에게 방백〕 그렇담 법령이 깨물 듯 혹독하겠구나 그의 이빨이 뽑히지 않는 한.

케이드 그리고 이제부터는 모든 것이 공유로다.

　　　사자 등장

사자 영주님, 전리품입니다. 전리품이에요! 세이 경을 잡았어요, 프랑스 내 도시들을 팔아먹은 자요. 우리더러 15분의 1 재산세를 스물두 번이나 내게 하고 마지막에는 1파운드당 1실링까지 물렸던 그자 말입니다.

　　　반도 하나가 세이 영주를 데리고 등장

케이드 그러면, 그 죄로 그자 머리를 열 번 잘라 주면 되지. 〔세이에게〕 아, 네놈은 세이 비단, 네놈은 서지 피륙──아니지, 네놈은 형편없는 버크럼 천 귀족이로다. 이제 너는 짐의 국왕 사법권이 미치는 곳으로 들어왔도다. 뭐라 답할 수 있겠느냐 폐하인 내게 노르망디를 그 알랑쇠 선생, 프랑스 도편에게 넘겨준 것에 대하여? 똑똑히 알아 두거라 이런 임석들 하에, 심지어 모티머 영주의 임석 하에, 나는 궁정에서 너 같은 자를 싹쓸어 버려야 할 빗자루라는 거. 너는 아주 너무나 반역적으로 부패시켰다 잉글랜드의 청소년들을, 왜냐면 네가 고전문법학교를 세웠거든. 그리고, 예전에는, 우리 선조들이 책이라는 게 다른 건 없고 셈 장부가 고작이었는데, 네놈이 인쇄 사용에 원인을 제공했고, 국왕 그의 왕관과 권위에 반하여, 네놈이 세웠다 종이공장. 입증할 것이다 네놈 면전에서 네놈이 네 주변에 통상적으로 닝사니 농사니 하여간 그런, 기독교인 귀로는 도저히 참고 들어줄 수 없는 구역질나는 단어들로 얘기하는 자들을 두고 있었다는 것을. 네놈이 치안판사라는 것

들을 임명하고 가난한 사람들을 그들 앞에 소환케 하였다, 가
난한 사람들이 대답할 수 없는 건으로 말이야. 더욱이, 네놈
은 그들을 옥에 처넣었어, 그리고, 그들이 라틴어를 모른다는
이유로, 네놈이 그들을 목매달았다, 정말 오로지 그 이유만으
로도 그들이 살 자격이 가장 많았는데도 말이지. 네놈은 정말
성장시킨 말을 타고 다니지, 아닌가?

세이 그게 어때서?

케이드 참으로, 네놈이 네놈 말한테 외투를 입히면 안 되지, 네놈
보다 더 정직한 사람은 양말과 몸에 꽉 끼는 웃옷밖에 못 입
는 판에.

백정 그리고 셔츠 차림으로도 일하지, 또한 내가 그래요, 예를 들
면, 백정의 예다.

세이 너희 켄트 주 사람들은.

케이드 켄트 주가 어쨌다고?

세이 딱 한 마디로—땅 좋고, 사람 못됐지.

케이드 무슨 귀신 씨나락 까먹는 소리.

백정 프랑스어를 하는 겁니다.

첫 번째 반도 아니, 네덜란드어예요.

두 번째 반도 아냐, 아툴리안가 이탈리아어야, 내가 잘 알아.

세이 그냥 내 말 들거라, 그런 다음 날 너희 맘대로 하려무나.
  켄트는, 시저가 쓴 언급에서,
  이 섬 어느 곳보다 더 문명이 개화된 곳이다.
  기분 좋은 곳이지, 물산이 풍부한 고장 아닌가
  사람들 너그럽고, 용감하고, 활달하고, 부자고
  그래서 난 희망하노라 너희에게 자비심이 남아 있기를.

난 마인을 팔지 않았어, 내가 노르망디를 잃은 것이 아니야.
하지만 두 주를 회복하기 위해서는 내 목숨도 잃을 것이다.
나는 늘 행했노라 정의를 관대와 더불어,
기도와 눈물은 날 감동시켰니라—뇌물은 결코 못 그랬지.
내가 너희 손에서 거둬 간 것이 정말 있단들,
모두 지키려는 목적 아니었던가 국왕을, 왕국과, 너희를?
많은 선물을 내가 배움 깊은 학자들에게 드린 것은,
내가 쓴 책을 왕께서 마음에 들어 하신 까닭이고,
아는 까닭이다 무지는 하나님의 저주고,
학식은 우리가 하늘나라로 날아가는 날개임을.
너희가 악마적인 혼령들에 씐 것이 아닌 한,
너희는 삼갈 밖에 없다 나를 살해하는 짓을.
이 혀는 외국의 왕들과 협상을 하며
너희를 이롭게 했던 혀니라—

케이드 츳, 전장에서 언제 한 방 날려 본 적은 있으신가?

세이 위대한 인간은 현장에 없어도 손이 미치지. 자주 날렸지
　　　내가 본 적도 없는 자들한테, 그리고 죽여 버렸노라.

반도 오 흉측한 겁쟁이! 뭐냐, 백성 뒤에 숨어서 말이냐?

세이 내 뺨이 창백한 것은 너희의 복지를 위한 노심초사 때문이
　　　노라—

케이드 귀싸대기를 갈겨 줘, 그러면 다시 붉어지겠지.

　　　　　　반도 한 명이 그를 때린다.

세이 가난한 자들의 사정을 듣느라 오래 앉아 있다 보니
　　　내 몸은 온통 아프고 성한 데가 없구나.

케이드 네놈한테는 교수대 올가미로 죽을 끓여 줘야겠다, 그런
　　　다음, 망나니 도끼로 병을 싹 가시게 하는 거야.

백정 〔세이에게〕 왜 몸을 떠는 거야, 당신?

세이 중풍 때문이야, 두려움에 떠는 게 아니다.

케이드 아니야, 그가 짐한테 고개를 끄덕이는 게 '한번 해볼 테냐'
　　　투가 분명하구나. 내 보겠노라 그의 머리통이 장대 위에서 좀
　　　덜 덜덜거릴지 아닐지. 그를 데려가서, 목을 쳐라.

세이 말해 보라 나의 가장 큰 죄가 무엇인가?
　　　내가 부자인 체 혹은 명예로운 체 했던가? 말하라,
　　　내 금고가 가득 채워졌느냐 강탈한 금으로?
　　　내 의상이 보기에 사치스러운가?
　　　내가 누구를 해쳤는가, 그래서 너희가 날 죽이려는가?
　　　이 두 손은 없노라 죄 없는 유혈을 저지른 죄가,
　　　이 가슴은 없노라 더럽고 기만 가득 찬 생각을 품은 죄가.
　　　오 나를 살게 하라!

케이드 〔방백〕 저자 말을 들으니 나 자신 가책이 오네, 하지만 금
　　　물. 저자는 죽어야 하지, 지가 살려고 너무나 탄원을 잘한다
　　　는 그 이유 하나만으로도. 〔큰 소리로〕 그를 끌고 가라—저자는
　　　혀 밑에 악마를 두었구나, 한 번도 하나님 이름을 말하지 않
　　　잖느냐. 가라, 그를 데려가, 내 말하노니, 칩사이드 수도관 처
　　　형장으로, 그리고 당장 목을 쳐 버려. 그런 다음 마일 엔드 그
　　　린으로 가거라—저자 사위 집을 부수고 들어가서, 제임스 크
　　　로머 경이라는 자다. 그놈 목을 쳐, 그리고 장대 두 개에다 두
　　　놈을 달고 이리로 오너라.

케이드의 추종자들 모두 그리하겠소!

세이 아, 동포들이여, 만일, 그대들이 기도를 올릴 때,

　　　하나님께서 그대들처럼 완고하시다면,

　　　어떻게 되겠는가 고인이 된 그대들의 영혼은?

　　　그러니 지금이라도 마음을 돌려 내 목숨을 구해 주시오!

케이드 그를 끌고 가라, 내 명을 따르란 말이다!

　　　　　〔백정과 한두 사람이 세이 대신을 데리고 퇴장〕

　　　왕국의 가장 오만한 귀족이라도 어깨에 머리통을 달고 다니
지 못하리라, 내게 경의를 표하지 않는 한. 어떤 처녀도 첫날
밤 처녀막을 내게 바치지 않는 한 결혼하지 못할 것이다. 결
혼한 사내들은 아내를 내가 직접 내린 하사품으로 여길 것이
다. 그리고 내가 명하고 명령 내리노니 그들 아내는 마음 갈
때마다 혀가 말할 때마다 취할 것이다.

　　　반도 하나 등장

반도 오 대장님, 런던 다리가 불타고 있어요!

케이드 빌링스게이트로 달려가 역청과 아마를 가져다 끄면 되지.

　　　백정과 하사관 등장

하사관 정의, 정의를 간청하오. 나리, 여기 이놈에게 본때를 보이
게 해 주오.

케이드 왜, 그가 무슨 짓을 했는데?

하사관 아, 나리, 이자가 제 아내를 강간하였습니다.

백정 아니, 폐하, 이자가 저를 체포하려 하길래 내가 가서 이자
아내의 좆집에다 고소를 한 것이오.

케이드 딕, 송사를 계속하게 그녀의 공회당에서. 〔하사관에게〕이

후레자식, 너는 하사관이지―12페니만 주면 엄한 사람 목을
조르고, 식사 중에 체포하여, 먹은 고기를 뱉기도 전에 옥에
가둘 위인이로다. 〔백정에게〕 자, 딕, 이자를 끌고 가라, 무고죄
로 혀를 끊고, 뜀박질 죄로 다리를 분지르고, 그리고, 끝으로,
이놈 직장으로 이놈 꼴통을 부숴 버려.

하사관을 데리고 백정 퇴장

반도 폐하, 언제 우리는 칩사이드로 가서 외상 달아놓고 여자 맛
실컷 보게 되는 겁니까?

케이드 그거야, 당장 되지. 사내답게 불끈 서는 놈은 나와 함께 가
서 먹자꾸나 이 물건들을, 가운을 걸쳤든, 속옷을 입었든 아
니든, 그 좆집들 말이다.

케이드 추종자들 모두 우와!

두 사람이 장대 두 개에 세이 대신과 제임스 크로머 경의 머리를
달고 등장

케이드 하지만 이게 더 근사하지 않느냐? 둘이 서로 입 맞추게 하
라, 살아 있을 때 꽤나 사랑하던 사이니까.

〔두 머리통의 입이 맞춰진다〕

이제 떼어 놓으라, 귓속말로 속삭여 프랑스 도시들을 더 내
주면 안 되니까. 병사들, 도시 약탈을 밤까지 미루라. 이것들
을 직장 대신 앞세우고 거리를 행군하자꾸나, 그리고 모퉁이
마다에서 두 놈을 입 맞추게 하는 거야. 가자!

〔머리통을 든 두 사람 퇴장. 다른 사람들이 뒤따르기 시작한다〕

피쉬 가를 올라가자! 세인트 매그너스 모퉁이를 내려가! 죽

이고 때려눕혀! 던져 버리는 거야 템즈 강물에다!

〔회담 요청 나팔 소리〕

　이게 무슨 소리냐? 어떤 놈이 감히 부는 게야 퇴각 혹은 회
담 요청 나팔을, 내가 죽이라 명했건만?

　　　　　버킹검 공작과 늙은 영주 클리포드 등장

버킹검　오냐, 여기 우리가 네놈을 감히 귀찮게 했도다!

　　　듣거라, 케이드, 우리는 국왕의 대사로 파견되었다,

　　　평민들, 네놈이 그릇 인도한 그들한테로,

　　　그리고 이 자리에서 선포하노라 전원의 무조건 사면을

　　　너를 버리고 조용히 귀가하는 자들 모두 말이다.

클리포드　어쩌겠는가, 동포들, 뉘우치고

　　　항복하겠는가 손을 내밀고 있는 자비에,

　　　아니면 일개 반도가 그대들을 죽음으로 이끌게 두겠는가?

　　　국왕을 사랑하고 그의 사면을 껴안을 자

　　　모자를 던져 올리고 외치라 '폐하 만세'를.

　　　그분을 미워하고 그분 아버님을 칭송하지 않는 자,

　　　헨리 5세, 프랑스 전체를 벌벌 떨게 만들었던 그분 말이다,

　　　그러한 자 우리를 물리치고, 지나가거라.

　　　　　그들이 모자를 던져 올리고 케이드를 떠난다.

케이드 추종자들 모두　국왕 만세! 국왕 만세!

케이드　뭐냐, 버킹검과 클리포드, 네놈이 감히? 〔폭도들에게〕 그리
　　　고 너희, 천한 농사꾼들아, 너희가 그 말을 믿느냐? 굳이 그
　　　사면이란 거 목에 두르고 교수형을 당해 봐야겠다는 게야?

내 칼이, 그러므로, 런던 성문을 돌파했거늘 너희가 굳이 사우스와크 '흰 토끼' 여인숙 앞에서 날 버리겠다는 것이냐? 나는 생각했다 너희가 이 무기를 버리지 않을 것이라고, 너희가 예전의 너희 자유를 회복할 때까지는 말이다. 하지만 너희는 모두 변절자에 비겁자고, 귀족의 노예 신세로 사는 게 좋은 모양이로다. 그냥 두려무나 그들이 짐짝으로 너희 등을 망가뜨리고, 너희 집을 송두리째 빼앗고, 너희 보는 앞에서 너희 아내와 딸을 겁탈하더라도. 나는, 내 몸 하나만 잘 건사할 것이니, 하나님의 저주가 너희 모두에게 내리기를.

케이드 추종자들 모두 케이드를 따르자! 케이드를 따르자!

> 그들이 다시 케이드한테 달려간다.

클리포드 케이드가 헨리 5세의 아들이라도 된단 말이냐
　　　너희가 그와 함께 가겠다고 이렇게 외침은?
　　　그가 너희를 프랑스 심장부로 데려가
　　　너희 중 가장 낮은 자까지 백작 공작을 시켜 줄까?
　　　아아, 그는 집도 없고, 달아날 곳도 없느라,
　　　약탈 말고는 살아갈 방도를 모르고—
　　　너희 친구들과 우리 것을 강탈하는 것 말고는 말이다.
　　　어찌 치욕스럽지 않겠는가 너희가 분란을 일으킬 때
　　　그 소심한 프랑스인들, 너희가 근래 굴복시켰던 그들이,
　　　분발하여 바다를 건너와서 너희를 굴복시킨다면?
　　　나는 이미 이 국내 분란으로
　　　그들이 런던 거리에서 주인 행세하는 걸 보는 듯하노라,
　　　만나는 사람 모두한테 '비겁자!'라 쏘아붙이는 그들을.

더 낫지 비천한 케이드 만 명이 죽는 것이,

너희가 몸을 굽혀 프랑스의 자비를 빌게 되는 사태보다야.

프랑스로! 프랑스로! 가서 너희가 얻으러 잃어버린 것을!

소중히 여기라 잉글랜드는, 너희의 고향 해변이므로.

헨리는 돈이 있다. 너희는 강하고 수가 많다.

하나님은 우리 편이다. 승리를 믿어 의심치 말라.

케이드 추종자들 모두 클리포드! 클리포드! 따르자 국왕과 클리포드를!

그들이 케이드를 떠난다.

케이드 〔방백〕 바람에 날리는 깃털인들 이 떼거리들보다 더 가벼울까? 헨리 5세의 이름이 저들한테 백 가지 해악을 끼치니, 저들이 날 황량하게 두고 떠나는구나. 머리를 맞대고 수군대는 꼴이 날 잡겠다는 거야. 칼아 내게 길을 내 다오, 여기 머물면 안 되겠으니. 〔큰 소리로〕 악마든 지옥이든, 내 네놈들을 꿰뚫고 지나가겠노라! 그리고 하늘과 명예는 증언하라 내 결의가 부족해서가 아니라, 오로지 나를 따르던 자들의 천하고 비열한 배반 때문에, 내가 어쩔 수 없이 도망치는 것임을.

그가 직장으로 그들을 뚫고 달아나 버린다.

버킹검 아니, 도망쳤나? 어서, 일부는, 그를 추격하라,

그의 목을 국왕께 바치는 자

금화 천 개를 보상으로 내릴 것이니.

〔그들 중 일부가 케이드를 잡으러 퇴장〕

〔남아 있는 반도들에게〕 날 따르라, 병사들, 방도를 마련,

너희 모두를 국왕과 화해시켜야 할 것이니.

모두 퇴장

4막 8장

케닐워스 성

🌹

나팔 소리. 테라스 위로 헨리 왕, 마가릿 왕비, 그리고 서머싯 공작 등장

헨리 왕 도대체 어떤 왕이 지상의 왕좌를 누리면서도
나처럼 만족을 거느리지 못했단 말인가?
요람에서 나오자마자였소
내가 왕이 된 것은, 태어난 지 아홉 달 만에 말이오.
그 어떤 신하도 국왕 자리에 오르기를 바람이
내가 지금 신하 되기를 바라고 갈구함만 못했을 거요.

테라스 위로 버킹검 공작과 늙은 영주 클리포드 등장

버킹검 〔헨리 왕에게〕 폐하께 건강을 기원하며 기쁜 소식 올리옵니다.

헨리 왕 그럼, 버킹검, 반역자 케이드가 잡힌 거요?
아니면 그냥 물러나 세를 불리는 중이오?

밑으로 다중들이 각자 목에 올가미를 걸고 등장

버킹검 그자는 달아났고, 폐하, 그의 병력 모두 항복하였고,
이렇게 목에 올가미를 걸고 몸을 낮추어

기다리나이다 폐하의 생과 사 선고를.

헨리 왕 그렇다면, 하늘이여, 당신의 영원한 대문을 여시어

받아 주소서 저의 감사와 예찬의 맹세를.

〔아래 다중들에게〕 병사들아, 오늘 너희는 되찾았노라 너희 생
명을,

그리고 보여 주었노라 군주와 조국에 대한 너희의 사랑을.

늘 유지하라 이토록 착한 마음을,

그러면 헨리는, 비록 불행한 왕이나,

확실히 보장하노라 너희를 결코 막 대하지 않을 것을.

그러니, 너희 모두에게 감사하고 사면하노니,

너희들 각자의 지방으로 돌아가거라.

케이드 추종자들 모두 국왕 만세! 국왕 만세!

아래 다중들 모두 퇴장
위로 사자 등장

사자 〔헨리 왕에게〕 황공하오나 폐하 알려 드릴 것은

요크 공작이 최근 아일랜드에서 돌아오고 있사온대,

아일랜드 용병 및 건장한 경보병으로 구성된

강력하고 막강한 병력을 거느리고

크게 위세를 떨치며 이리로 진군 중이고,

오면서 그가 계속 공언하는 내용은,

그의 군대는 오로지 폐하로부터 제거하려는 것이랍니다,

서머싯 공작을, 반역자로 규정하면서 말입니다.

헨리 왕 그렇게 내 처지는, 케이드와 요크 사이 조난당한,

한 척의 배와 같구나. 폭풍우를 피하자마자

곧장 해적이 멈춰 세우고 올라탄.

막 케이드를 몰아내고, 그 부하들을 흩어 버렸는데,

이제 요크가 무장을 하고 그를 돕는다.

부디, 버킹검, 가서 그를 만나 주시오,

그리고 물어 주시오 이 무력의 까닭이 무엇인지.

말하시오 그에게 내 서머싯 공작을 탑으로 보내겠다고

그리고, 서머싯, 짐이 그대를 그곳에 수용하겠소,

그의 군대가 그로부터 해산될 때까지.

서머싯 주군, 제 몸을 기꺼이 옥에 맡길 것입니다,

죽음에라도, 내 조국을 위하는 일이라면.

헨리 왕 〔버킹검에게〕 절대로, 너무 거친 말은 삼가시오,

그는 성미가 불같아서 견디지 못하오 심한 말을.

버킹검 그리하겠사옵고, 주군, 믿어 주소서 만사

조치하겠나이다 폐하게 좋은 쪽으로 돌아가게끔.

헨리 왕 갑시다, 여보, 들어가서 더 나은 통치법을 배워야겠소

지금까지는 잉글랜드가 저주했겠지 내 형편없는 치세를.

화려한 취주. 모두 퇴장

4막 9장
알렉산더 아이든의 정원, 켄트 주

잭 케이드 등장

잭 케이드 빌어먹을 야심이로다. 빌어먹을 나로다 칼을 갖고도 굶어 죽을 판이니. 꼬박 닷새 동안이나 이 숲에 몸을 숨기고 바깥을 엿보지도 못했네, 나라 전체가 온통 날 잡으려고 덫을 쳐 놓았으니. 하지만 이제 배가 너무 고파서 설령 내가 내 생명 임대차 계약을 천년으로 늘일 수 있단들, 더는 못 견디겠군. 그래서 웬 벽돌담을 넘어 이 정원으로 들어온 거지 섶을 풀이나 주워 먹을 생야채 좀 없을까 하고 말이지, 야채는 이런 더욱 날씨에 사내 놈 배때기를 식히는 데 나쁘지 않거든. 그리고 이 야채라는 단어는 태어나길 내게 이롭게끔 태어났다고 봐, 왜냐면 여러 차례, 그 투구가 없었다면, 내 머리판은 피가 갈색으로 말라붙은 미늘창에 둘로 쪼개졌을 테니. 그리고 여러 차례, 내가 목이 마를 때, 그리고 용감하게 진군 중일 때, 그것이 1쿼트짜리 맥주잔 대신 마실 것 노릇을 했단 말이지. 그리고 지금은 '야채'라는 단어가 먹거리 노릇을 해 준다는 거고.

그가 몸을 눕히고 풀을 주워 먹는다. 알렉산더 아이든 경과 그의

부하 다섯 명 등장

아이든 이보게들, 궁정에서 시달리다 보면,
　　　 이런 고요한 산책을 어떻게 즐기겠는가?
　　　 내 아버지가 남겨 주신 이 소박한 유산이
　　　 난 만족스럽네, 하나의 왕국에 값하지.
　　　 난 커지고 싶지 않네 남을 수척하게 하면서,
　　　 눈에 불을 켜고 재산을 모으는 것도 싫고 말이지.
　　　 충분하지 내 가진 걸로 내 신분 유지하고,
　　　 빈자들이 구호품을 맘에 들어 하며 내 집 대문을 떠난다면.

　　　　　 케이드가 무릎을 딛고 선다.

케이드 〔방백〕 제기랄, 이 땅 주인이 날 잡으러 오는군, 내가 짐승
　　　 처럼 길을 잃고 지 사유재산을 무단 침입했다 이거지. 〔아이든
　　　 에게〕 이놈, 네가 내 정체를 드러내고 내 머리를 갖다 바쳐 왕
　　　 의 금화 천 개를 따먹겠다는 셈이렷다. 하지만 내 네놈을 타
　　　 조 취급하여 쇠를 먹이고 내 칼을 커다란 못바늘처럼 삼키게
　　　 만들 테다, 너와 나 헤어지기 전에 말이다.
아이든 뭐냐, 상스러운 자, 네가 누구든,
　　　 난 너를 모른다. 그런데 왜 내가 네 정체를 드러낼까?
　　　 내 정원에 난입한 것도 모자라,
　　　 그리고, 도적처럼, 내 땅에서 훔쳐 먹으려고
　　　 수유주인 내 허락도 없이 내 담을 타넘은 것으로도 모자라,
　　　 네가 날 감히 어째 보겠다는 거냐, 이런 시건방진 말로?
케이드 널 감히? 오냐, 이제껏 흐른 가장 훌륭한 피에 맹세코―그

리고 또한 네게 도전하겠노라! 날 잘 봐—꼬박 닷새 동안 고
기를 입에 대지 못했다만, 네놈과 네 다섯 부하놈들 한꺼번에
내게 덤비고, 그랬는데도 내가 네놈들을 모조리 대갈못처럼
아주 죽게 만들지 않는다면 하나님께 청컨대 나는 앞으로 풀
도 먹을 일 없게 되리로다.

아이든 아니, 말도 안 되지 잉글랜드가 존재하는 한,

　　　　알렉산더 아이든, 켄트의 향사가,

　　　　초라히 굶어 죽게 된 자와 결투에 제 편을 동원한다는 것은.

　　　　눈 똑바로 뜨고 정면으로 내 눈에 맞서 보거라—

　　　　네가 노려본들 내가 눈 깜짝할 것 같은가.

　　　　팔다리를 추슬러 봐, 그래 봐야 넌 상대가 안 되지—

　　　　네 손은 내 주먹 손가락 밖에 안 되고,

　　　　네 다리는 작대기야 내 다리는 곤봉이고.

　　　　내 발에 실린 힘만 해도 네 온 힘과 맞먹고,

　　　　내 팔 공중에 쳐들면,

　　　　네 무덤 이미 땅 속에 파인 셈이다.

　　　　말로 하자면, 무슨 말을 못하겠느냐마는,

　　　　내 칼이 하게 하리라 말이 삼가는 말을.

　　　　〔그의 부하들에게〕 모두 옆으로 비켜서게.

케이드 참으로, 듣자하니 대단한 투사 나셨구나. 〔자신의 칼에게〕
강철아, 네가 헛돌거나 저 용가리 통뼈 광대놈을 쇠고기 구이
용으로 도려내지 못하고도 칼집에 들어 잠을 잔다면, 무릎 꿇
고 하나님께 청컨대 너는 구두징으로나 박히고 말 일이다.

　　　　〔케이드가 몸을 일으킨다. 둘이 싸우고, 케이드가 쓰러진다〕

　　　　오, 내가 죽는구나! 다름 아닌 굶주림이 날 죽였도다! 악마

만 명이 한꺼번에 내게 덤비고, 내가 먹지 못한 열 끼만 다오,
그러면 내 그들을 몽땅 물리쳤을 터. 시들라, 정원이여, 그리
고 차후로는 매장터 되거라 이 집에 사는 모든 자들의, 정복
되지 않은 케이드 영혼이 사라지고 있음이니.

아이든 케이드였는가 내가 죽인 것이, 그 흉악한 반역자?

칼이여, 내가 너를 이 행위로 하여 축성하고
내 무덤 위에 걸겠노라 내가 죽은 후.
결코 이 피를 네 끝에서 씻어 내지 않고
너는 그것을 문장 외투처럼 입고
밝게 비추게 될 것이다 네 주인이 얻은 명예를.

케이드 아이든, 잘 있게, 자네 승리를 뽐내고. 켄트 사람들에게 내
말 전해 주게 그들이 가장 훌륭한 동향인을 잃었다고, 그리고
온 세상 사람들에게 타이르게 겁쟁이로 살라고. 왜냐면 나,
그 누구도 두려워하지 않았으나, 굶주림에 굴복하였느니, 용
기가 아니라.

　　　　　그가 죽는다.

아이든 네놈이 정말 날 모욕하는구나, 하늘이 심판하소서.
죽어라, 저주받은 놈, 흉물이로다, 네놈을 낳은 에미의!
그리고 [그를 다시 찌르며] 내가 내 칼로 네놈을 찌르듯
내 바람은 널 지옥에 처박는 것.
내가 네놈 발을 잡아 곤두박이로 끌고
똥더미까지 가리라, 거기가 네 무덤이므로,
그리고 거기서 잘라 내리라 너무나 무도한 네놈 머리를,
그리고 그것을 들고 개선하여 왕께 바치리라,

네 몸통은 까마귀 먹이로 남겨 두고.

시신과 함께 모두 퇴장

제5막

온통 치옥과 혼란이구나,
두려움이 무질서를 틀 짓고, 무질서가 위해를 가한다
보호해야 마땅한 터에. 오, 전쟁, 너는 지옥의 아들이다,
성난 하늘이 대행자로 임명한.

5막 1장

세인트 앨번즈와 런던 사이

🌹

요크 공작과 그의 아일랜드 군대, 고수 한 명 및 깃발 든 병사들과
함께 등장

요크 아일랜드에서 이렇게 요크가 가노라, 권리를 요구하고,
　　왕관을 연약한 헨리의 손에서 낚아채기 위하여.
　　울려라, 종들, 크게 타올라라, 모닥불들, 맑고 찬란하게,
　　위대한 잉글랜드의 정통 왕을 맞이하라.
　　아, 신성한 주권! 누가 그대를 비싸게 사려 하지 않겠는가?
　　지배할 줄 모르는 자 복종하게 하라,
　　이 손이 다루게 되어 있는 것은 오로지 황금뿐.
　　나는 내 말을 제대로 실천할 수가 없다,
　　검 혹은 왕홀이 균형 잡아 주지 않으면.
　　왕홀을 지니고 말 것, 검을 지닌 것처럼 확실하게,
　　그리고 그걸로 꿰찌를 테다 프랑스 문장 백합꽃을.
　　　　〔버킹검 공작 등장〕
　　〔방백〕 저게 누군가? 버킹검이 날 훼방 놓으려는가?
　　왕이 보낸 것이 분명해. 시치미를 떼야겠군.
버킹검 요크, 그대가 선의라면, 진심으로 환영하겠소.
요크 버킹검의 험프리, 그대의 환영을 받아들이오.

그대는 사자요, 아니면 그냥 오신 거요?

버킹검　헨리, 경외로우신 우리 주군께서 보낸 사자죠,

　　　물으십니다 평화시 이러한 무장병력의 연유를,

　　　혹은 왜 그대는, 나와 같은 신하이면서,

　　　그대의 맹세와 진실된 충성 서약을 어기고,

　　　그분 허락 없이 이토록 대규모 군대를 일으켰는가,

　　　혹은 군대를 감히 궁정 지근거리까지 몰고 온 이유는?

요크　〔방백〕 말이 나오질 않는구나, 울화가 너무 치미니.

　　　오, 바위도 토막 내고 부싯돌과도 싸울 수 있겠다,

　　　너무 화가 나 이자의 야비한 말투는,

　　　하여 지금, 아이아스 텔라모니우스처럼,

　　　양떼 혹은 황소떼한테 내 분노를 퍼부을 수도 있겠어.

　　　나는 왕보다 훨씬 좋은 혈통이라구,

　　　더 왕 같고, 생각이 더 왕답고,

　　　하지만 아직은 내가 온순한 척을 해야겠지,

　　　헨리가 더 약해지고 내가 더 강해질 때까지.

　　　〔큰 소리로〕 버킹검, 부디 용서하시오,

　　　내내 답변을 머뭇거린 실례를,

　　　마음이 몹시 우울해서요.

　　　내가 이 군대를 이리로 데려온 것은

　　　오만한 서머싯을 국왕한테서 제거하기 위해서요,

　　　폐하와 국가의 치안을 방해하는 자이므로.

버킹검　그건 그대로서 너무나 외람된 처사였소,

　　　하지만 그대의 군대가 다른 목적이 없는 거라면,

　　　국왕께서 이미 허락하셨소이다 그대의 요구를.

서머싯의 공작은 탑에 있소.

요크 참으로, 그가 수감되었습니까?

버킹검 내 명예를 걸고, 그는 수감자요.

요크 그렇다면, 버킹검, 내 해산시키겠소 나의 병력을.

　　　병사들, 모두에게 감사를 표한다. 해산하라,

　　　내일 조지 성인 군사훈련장에서 만나자꾸나.

　　　너희는 급료와 원하는 것 모두를 받게 될 것이다.

　　　　　〔병사들 퇴장〕

　　　〔버킹검에게〕 그리고 내 주군, 미덕 넘치는 헨리께,

　　　내 맏아들을—아니, 아들 전부를—받아 주십사 전해 주시오

　　　내 충성과 사랑의 담보물로 말이오.

　　　그들을 보내겠소 내가 사는 것만큼이나 기꺼이.

　　　토지, 재화, 말, 갑옷과 투구, 내가 지닌 어떤 것이든

　　　그분이 쓰실 그분 것이오, 서머싯만 죽는다면.

버킹검 요크, 치하하겠소 이 적절한 복종을.

　　　우리 둘이 폐하 막사로 가십시다.

　　　　　헨리 왕과 시종들 등장

헨리 왕 버킹검, 요크는 짐을 해칠 생각이 없는 게지요,

　　　그가 그대와 팔짱을 끼고 오는 것을 보니?

요크 복종과 겸손을 다하여

　　　요크가 폐하를 뵙나이다.

헨리 왕 그렇다면 무슨 의도요, 그대가 데려온 이 병력들은?

요크 반역자 서머싯을 지상에서 보내고자 함입니다,

　　　그리고 흉악한 역도 케이드에 대항키 위해서인데,

그 후 들은 바 패퇴했다 하더이다.

아이든이 케이드의 머리를 들고 등장

아이든 이토록 교양 없고 신분 낮은 자가

국왕을 뵈올 수도 있는 것이라면

〔무릎 꿇으며〕 보소서, 폐하께 바치나이다 반역자의 머리를,

케이드의 머리이옵니다, 제가 결투에서 죽인.

헨리 왕 케이드 머리? 위대한 하나님, 과연 정의로우십니다!

오 어디 보자 그의 얼굴을, 죽었으나,

살았을 때 내게 무한한 시름을 안겼던 것이니.

말해 다오, 나의 친구여, 그대가 이자를 죽였는가?

아이든 〔몸을 일으키며〕 그렇사옵니다, 황공하오나.

헨리 왕 그대 이름은 무엇인가? 그리고 신분은?

아이든 알렉산더 아이든, 그것이 제 이름입니다

국왕을 사랑하는 켄트의 보잘것없는 향사고요.

버킹검 〔헨리 왕에게〕 황공하오나, 주군, 마땅히

그는 기사로 서작될 만합니다 이 훌륭한 공적으로.

헨리 왕 아이든, 무릎을 꿇으라.

〔아이든이 무릎을 꿇고 헨리 왕이 그를 서작한다〕

일어서라 기사여.

〔아이든이 몸을 일으킨다〕

짐은 그대에게 1천 마르크를 상으로 내리고,

명하노니 향후 짐을 곁에서 돌보아 다오.

아이든 아이든은 살아서 이 크나큰 은총에 값하고,

주군께 진실되지 않는 한 결코 살아 있지 않기를 비옵니다.

[퇴장]

마가릿 왕비와 서머싯 공작 등장

헨리 왕 저런, 버킹검, 서머싯이 왕비와 함께 오는구려.

가서 그를 빨리 숨기라 하세요 공작이 안 보게끔.

마가릿 왕비 요크가 천 명인들 그가 머리를 숨기기는커녕

용감히 일어나 정면으로 봐야겠지요 그의 얼굴을.

요크 어쩐 일이오? 서머싯이 자유의 몸이다?

그렇다면, 요크, 풀어라 오랫동안 감금해 둔 너의 생각을,

그리고 네 혀를 대등하게 하라 네 마음과.

내가 서머싯의 모습을 참고 봐야 한단 말인가?

기만적인 왕, 왜 그대는 이렇게 내 신뢰를 저버리는가,

내 얼마나 모욕을 못 견디는가 알면서?

'왕'이라 불렀나 내가 당신을? 아니지, 당신은 왕이 아냐,

다중을 관리하는 데도 다스리는 데도 부적합하지,

감히 안 하거든—아니, 할 수도 없고—반역자 다스리는 일

을.

당신의 그 머리는 왕관에 어울리지 않아요,

당신 손은 순례자 지팡이를 쥐게 되어 있지

외경과 위엄의 왕홀에 은총을 내릴 손이 아니야.

그 금이 둘러싸야 하는 건 나의 이 이마라오,

그것의 미소와 찌푸림은, 아킬레스의 창과도 같이,

능수능란 죽였다 살렸다 할 수 있거든.

여기 이 손이 왕홀을 쳐들 손이야,

그것으로 규제의 법령을 시행할 손이고.

자리를 내놔! 참으로, 그대 더 이상 군림치 못하리로다

　　하늘이 그대의 지배자로 만드신 자 위에.

서머싯　오 흉악한 반역자! 너를 체포한다, 요크,

　　국왕과 왕관에 대한 대역죄로.

　　오라를 받으라, 철면피한 반역자, 무릎 꿇고 자비를 구하라.

요크　〔시종에게〕 가서, 내 아들을 부르라 내 보석 담보인으로.

　　　　〔시종 퇴장〕

　　틀림없이, 저들이 나를 구금하기 전에,

　　그들이 검을 담보물로 날 풀어 줄 것이다.

마가릿 왕비　〔버킹검에게〕 클리포드를 부르시오 즉시,

　　이리 와 답하라 하시오 요크의 사생아들이

　　자기들 반역자 아버지를 보증할 자격이 되는지.

　　　　버킹검 퇴장

요크　오 피로 얼룩진 나폴리 여인,

　　나폴리에서 추방된, 잉글랜드를 벌주는 피비린 채찍아!

　　요크의 아들들, 그대보다 혈통이 더 좋은 그들이,

　　아버지한테 보석 보증인 되고, 파멸시키리로다

　　내 보증인으로 그 아이들을 거부하는 자들은!

　　　　〔한쪽 문으로 요크의 아들 에드워드와 곱사등이 리처드, 고수 한
　　　　명 및 병사들을 데리고 등장〕

　　저기 오잖느냐. 장담컨대 그들은 보증인으로 충분하노라.

　　　　다른 쪽 문으로 클리포드와 그의 아들이, 고수 한 명 및 병사들을
　　　　데리고 등장

마가릿 왕비 저이는 그들의 보석 보증을 거부하려는 클리포드고.

클리포드 〔헨리 왕 앞에 무릎 꿇으며〕 국왕 폐하의 만수무강을 기원드
　　리나이다.

　　　　　　그가 몸을 일으킨다.

요크 내 감사를 표하오. 클리포드. 그래, 무슨 소식이오?
　　아니, 화난 표정으로 짐을 놀래키지 말고—
　　짐이 그대 주군이오, 클리포드, 다시 무릎 꿇으라.
　　그대가 잘못 알아본 것은, 짐이 용서하는 바이니.

클리포드 이분이 나의 왕이시다, 요크, 난 잘못 보지 않았어.
　　네가 날 잘못 보았구나, 내가 그랬다고 생각하다니.
　　〔헨리 왕에게〕 저자를 정신병원으로 보내소서! 미친 거 아닙
　　니까?

헨리 왕 그렇소, 클리포드, 광기와 야욕의 기질이
　　그를 적대케 하고 있소 그의 왕에 맞서.

클리포드 그는 반역잡니다, 탑으로 보내셔야죠,
　　그리고 빠개 버려야 합니다 파당적인 그의 대갈통을.

마가릿 왕비 체포되었는데도, 복종을 않고 있어요.
　　그의 아들들이, 그의 말로는, 보증을 해 줄 거라고요.

요크 〔에드워드와 리처드에게〕 그래 주지 않겠느냐, 아들들아?

에드워드 하고말고요, 고결하신 아버님, 보증이 통한다면.

리처드 말로 안 통한다면, 우리 무기가 통할 테고요.

클리포드 이런, 참으로 고약한 반역자 한배 병아리들이로다!

요크 거울을 보거라, 네 모습이 바로 그러하니라.
　　내가 너의 왕이고, 네가 가슴 시커먼 반역자야.

불러라 여기 말뚝에다. 나의 용맹한 곰 두 마리를,
그들이 사슬을 그냥 흔들기만 해도,
능히 질겁시키리라 지독히 틈을 엿보는 똥개들을!
〔시종에게〕솔즈베리와 워릭을 내게로 부르라.

　　　시종 퇴장
　　　워릭 및 솔즈베리 백작이 고수 한 명 및 병사들을 데리고 등장

클리포드　네놈의 곰들이 이들이냐? 우리가 먹이로 꾀어
　　　곰은 죽여 주고 곰 주인은 수갑 채워 주마 그 사슬로,
　　　네놈이 감히 그들을 곰 놀리기 장소로 데려오겠다면.
리처드　종종 내가 보는데 피 끓는 자신감이 과도한
　　　똥개가 물러나 물어요. 자기 주인을, 말리지 마라 이거지
　　　하지만, 곰의 난폭한 앞발 맛을 보자마자,
　　　꼬리를 다리 사이에 끼고는 깨갱 우는 거라.
　　　바로 그 짝일 게야 당신이 바칠 충성이라는 게,
　　　당신이 워릭 경에게 맞서 보겠다고 나서면 말이야.
클리포드　꺼져라, 분노 덩어리, 더러운 소화불량의 혹,
　　　버르장머리도 생긴 것만큼이나 곰사등이로다!
요크　웬걸, 이제 곧 네놈을 완전 열 받게 해 주마.
클리포드　조심해야지, 네 열기가 네놈 자신을 태울 수가 있어.
헨리 왕　어인 일인가, 워릭, 그대 무릎은 굽히는 법을 잊었는가?
　　　노 솔즈베리, 그대 은발이 수치스럽지도 않은가,
　　　머리 이상한 아들을 오도하는 미친 애비로다!
　　　아니, 그대는 임종하여 악당 노릇을 하고,
　　　그대의 두 눈으로 슬픔을 찾으려는 게요?

오, 신의는 어디 갔소? 오, 충성심은 어디 갔소?
서리 내린 머리에서 추방되었다면,
그것이 지상 어디에서 피난처를 구한단 말이오?
그대는 가서 무덤을 파며 전쟁을 꾀하고,
그대의 명예로운 나이를 피로 모욕할 셈이오?
아니, 그대는 나이를 먹고도 경험이 없단 말이오?
혹은 있다면 어째서 그걸 저버리는 게요?
수치를 알고 의당 그대 무릎을 굽히시오 내게,
나이가 많아 무덤을 향해 굽히는 그 무릎 말이오.

솔즈베리 나리, 제가 혼자 곰곰 생각해 보았소
이 너무나 저명하신 공작의 칭호를,
그리고 내 양심으로 결론을 내렸소, 이분께서
잉글랜드 왕좌의 적통 계승자이시라고.

헨리 왕 그대는 내게 신하의 충성을 맹세치 않았는가?

솔즈베리 했지요.

헨리 왕 하늘의 사면이 가능할까 이렇게 서약을 깨고도?

솔즈베리 죄악에 맹세하는 것은 엄청난 죄악이지만,
더 큰 죄악은 죄 많은 맹세를 지키는 일입니다.
맹세가 아무리 장엄한들 누가 그 때문에 저지르겠소
살인 행위를, 강도짓을,
무구한 처녀의 순결을 강탈하는 짓을,
고아의 유산을 앗아가는 짓을,
과부의 전통적 권리를 손목 비틀어 빼앗는 짓을,
그 범죄의 이유가 오로지 단 하나
장엄한 맹세에 묶여 있다는 것이라면?

마가릿 왕비 간교한 반역자가 말은 궤변가 빰치는구나.

헨리 왕 〔시종에게〕 버킹검을 부르라, 그리고 무장하라고 이르라.

　　　　시종 퇴장

요크 〔헨리 왕에게〕 부르라 버킹검과 너의 모든 친구들을.

　　　난 결단코 죽거나 왕관을 갖거나 둘 중 하나로다.

클리포드 전자니라, 내 장담하지, 꿈이 현실로 드러난다면.

워릭 당신은 침대로 가서 다시 꿈이나 꾸는 게 좋겠어,

　　　전장의 폭풍우를 피해야지.

클리포드 나는 결심했노라 더한 폭풍도 견디기로,

　　　네놈이 오늘 불러일으킬 것보다 더한 것도 말이다ー

　　　그리고 나는 써 주리라 네 투구에다 내 결의를

　　　네 가문 문장 꼭대기 장식으로 내가 널 알아보기만 한다면.

워릭 지금 내 아버지의 휘장, 오랜 네빌 가문의 꼭대기 장식,

　　　톱니를 낸 말뚝에 사슬로 묶인 광포한 곰을 걸고,

　　　오늘 나는 그것을 가벼운 투구 꼭대기에 쓰겠노라,

　　　산꼭대기 삼나무 모습과도 같이

　　　어떤 폭풍에도 잎새 하나 떨어트리기는커녕,

　　　오히려 그 모습으로 너를 질겁시키게끔.

클리포드 그러면 나는 네 장식에서 네 곰 찢어 내어,

　　　온갖 욕설과 함께 발로 짓밟아 줄 테다,

　　　곰 지키는 곰 주인 엿 먹이면서 말이지.

아들 클리포드 이제 그러면 무장을 하소서, 전승의 아버님,

　　　역도와 그 연루자들을 궤멸시키셔야죠.

리처드 쯧, 불쌍해라, 수치로다! 악담 말거라ー

네놈은 오늘 예수 그리스도와 저녁을 먹게 될 테니.
아들 클리포드 낙인찍힌 흉물 주제에, 무슨 그런 말씀을.
리처드 하늘나라 아니면, 필시 지옥에서 저녁을 하겠지.

따로따로 모두 퇴장

5막 2장
베로나의 어떤 거리 혹은 광장

선술집 간판 그림: 성. 전투 경보. 그런 다음 서머싯 공작과 리처
드가 싸우면서 등장. 리처드가 간판 밑에서 서머싯을 죽인다.

리처드 그렇게 너는 거기 누웠거라—

왜냐면 지질한 선술집 간판,
세인트 앨번즈 성 아래서, 서머싯이
자신의 죽음으로 마법사를 유명하게 만들었다는 거.
칼아, 탄력을 유지해 다오, 가슴이여, 계속 분노하라—
사제들은 적을 위해 기도하지만, 군주는 죽이는 법.

서머싯의 시신을 끌고 퇴장. 간판이 치워진다.

5막 3장

장면 계속

다시 전투 경보. 워릭 백작 등장

워릭 컴버랜드의 클리포드, 워릭이 널 부르노라!
　　　네가 곰한테서 몸을 숨기는 것이 아니라면,
　　　지금이다, 성난 나팔이 전투 경보를 울리고,
　　　죽어 가는 자들의 비명 소리가 허공을 채우는 지금,
　　　클리포드 내 말하노니, 나와서 나와 싸우라!
　　　오만한 북쪽의 영주, 컴버랜드의 클리포드,
　　　워릭은 목이 쉬었노라 네게 결투를 청하느라!
클리포드 〔안에서〕 워릭, 섰거라 꼼짝 말고, 내가 갈 때까지는.

요크 공작 등장

워릭 어인 일이시오, 나의 고결하신 주군? 아니, 말은 어찌시고?
요크 클리포드가 치명적인 손으로 내 말을 죽였소.
　　　하지만 난 필적하며 그와 맞섰고,
　　　썩은 고기 먹는 솔개와 까마귀 밥으로 만들었지
　　　그가 그토록 아끼던 그의 귀여운 짐승을 똑같이.

클리포드 영주 등장

워릭 〔클리포드에게〕 우리 중 하나 혹은 둘 다 죽을 때로다.

요크 잠깐, 워릭—그대는 다른 사냥감을 찾으시게,
　　　내가 직접 이 사슴을 사냥해 죽일 모양이니까.

워릭 그렇담, 고결히 하소서, 요크 공작이 싸우시는 것은 왕관 때
　　　문이니.
　　　〔클리포드에게〕 내 뜻은, 클리포드, 오늘 크게 한판 벌여 보는
　　　거였는데,
　　　유감이구나 널 공격 않고 그냥 가다니. 〔퇴장〕

요크 클리포드, 우리가 여기 단 둘만 남았으니,
　　　오늘이 우리 중 하나에게 운명의 날 되리로다.
　　　내 말해 주건대 내 마음은 불구대천의 증오를 품고 있거든
　　　너와 랭커스터 가문 전체에 대해 말이다.

클리포드 나는 여기서 내 발을 네 발 위에 단단히 고정시키고,
　　　맹세코 너 아니면 내가 살해될 때까지 꼼짝도 안 할 것이야.
　　　왜냐면 결코 내 마음은 평안히 쉬지 못할 것이거든
　　　가증스러운 요크 가문을 망가뜨릴 때까지는.

　　　　전투 경보. 둘이 싸운다. 요크가 클리포드를 죽인다.

요크 자, 랭커스터, 확실히 앉았거라—네 힘이 달리나니.
　　　오너라, 겁 많은 헨리, 얼굴 넙죽 엎드린 자세로—
　　　네 왕관을 바쳐라 요크의 군주에게. 〔퇴장〕

　　　　진투 경보. 그런 디음 이들 클리포드 등장

아들 클리포드 온통 치욕과 혼란이구나, 모두 줄행랑쳤어!
　　　두려움이 무질서를 틀 짓고, 무질서가 위해를 가한다

보호해야 마땅한 터에. 오, 전쟁, 너는 지옥의 아들이다,
성난 하늘이 대행자로 임명한,
던져라 우리 편의 얼어붙은 가슴에
뜨거운 복수의 석탄을! 병사들 그 누구도 도망치게 마라!
전쟁에 진정으로 헌신적인 자
자기애가 없는 자로다, 자신을 사랑하는 자 또한
본질이 아니라 순전히 우연으로
갖는구나 용기의 이름을.
　　　〔그가 자기 아버지의 시신을 본다〕
오 사악한 세상, 끝장나게 하라!
그리고 미리 정해진 최후 심판의 날 불꽃
꿰매게 하라 땅과 하늘을 하나로.
이제 모든 나팔들 한껏 울려
개별적인 일상과 사소한 소리들
그치게 하라! 당신의 예정은, 소중한 아버님,
청춘을 평화로 보내고, 현명한 나이의
은빛 제복을 이루더니,
존경과 노년의 시기에, 이렇게
돌아가시는 거였나요 흉포한 전투에서? 이 광경만으로도
제 심장은 돌이 되고, 그것이 내 것인 한
늘 돌일 거예요. 요크가 우리 가문 노인을 살려 주지 않으니
나도 더 이상 안 봐줄 테요 그들의 아기들을. 처녀의 눈물은
불을 더욱 거세게 하는 이슬과 같을 것이고,
폭군을 종종 진정시키는 아름다움은
타오르는 내 분노에 기름과 아마일 겁니다.

차후로 저는 자비와 일체 무관할 겁니다.
요크 가문의 아기를 만나면,
여러 살덩이로 자르기를
광포한 메데아가 어린 압시르투스에게 하듯 할 테요.
잔혹으로 저는 구할 거예요 나의 명성을.
가세요, 그대 오랜 클리포드 가문의 새로운 유적이시여,

〔그가 자기 아버지의 시신을 업는다〕

에네아스가 늙은 아버지 안키세스를 업었듯,
저도 당신을 업네요 제 사내다운 어깨 위에.
하지만 그때 에네아스가 업은 것은 살아 있는 짐,
전혀 무겁지 않았지요 제가 진 비통의 짐에 비하면.

시신과 함께 퇴장

5막 4장

장면 계속

다시 전투 경보. 그런 다음 서너 명이 부상당한 버킹검 공작을 업고 그의 막사로 등장. 여전히 전투 경보. 헨리 왕, 마가릿 왕비, 그리고 다른 사람들 등장

마가릿 왕비 어서요, 여보. 너무 느려요. 창피하게시리, 어서!

헨리 왕 우리가 운명보다 더 빨리 달릴 수 있겠소? 착한 마가릿,
　멈춰요.

마가릿 왕비 당신 어떻게 된 사람이에요? 싸우려고도 않고 도망치
　려고도 않으니.

　　지금 사내답고, 현명하고, 또 방어 작전인 것은,
　　적에게 길을 내주고, 우리를 구하는 거죠
　　가능한 온갖 수단을 동원하여, 그런데 우리가 할 수 있는 건
　도망뿐이라고요.

　　　〔먼 데서 전투 경보〕

　　당신이 잡히면, 우리는 밑바닥을 보게 될 거예요
　　우리들 온갖 운의. 하지만 우연히 도망친다면—
　　당신 느려 터진 것만 아니면 충분히 가능할 텐데—
　　우리는 런던에 가게 돼요 당신이 사랑받는 그곳,
　　그리고 우리 운에 생겨난 이 균열을

쉽사리 막을 수 있는 그곳 말예요.

아들 클리포드 등장

아들 클리포드 〔헨리 왕에게〕 장차 닥칠 화가 심상찮지 않다면,
　　　　신성모독을 하면 했지 두 분께 도망치라고는 안 할 거예요.
　　　　하지만 도망치셔야 해요 돌이킬 수 없는 패배가
　　　　군림하고 있어요 남은 우리 병력 전체의 심장 속에.
　　　　달아나 목숨을 구하시고, 우리 살아남아 언젠가는
　　　　저들의 승리 맛보고 안기겠죠 우리 운명을 저들에게.
　　　　도망쳐요, 주군, 어서요!

모두 퇴장

5막 5장

장면 계속

🌹

전투 경보. 퇴각 나팔. 요크 공작, 그 아들 에드워드와 리처드, 그
리고 고수 한 명과 몇몇 기수들을 포함한 병사들 등장

요크 〔에드워드와 리처드에게〕 무사하구나, 두 아들! 운 좋게 이 전
  투는 전개되었구나,
    내 바람으로는, 우리에게, 잉글랜드의 공익에
    그리고 우리의 위대한 명예, 그 심약한 헨리가 우리 권리를
    찬탈하던 오랫동안 잃어버렸던 그것에 맞는 쪽으로.
    솔즈베리는, 어떻게 되었는가?
    그 겨울사자가 분노로 망각하더군
    늙음의 타박상과 시간의 온갖 붓질을,
    그리고, 청춘 절정의 활량처럼,
    할수록 기운이 나더란 말이오. 이 행복한 날은
    행복한 날이 아니오, 우리는 한 뼘도 얻은 것이 없소
    만일 솔즈베리를 잃은 것이라면.
리처드 나의 고결하신 아버님,
    오늘 제가 그분을 말에 오르시게 도운 것이 세 번,
    몸으로 막아 드린 것이 세 번, 다른 데로 모신 게 세 번입니
    다.

더 이상 나서시지 말라고 말씀드렸지요,

하지만 늘 위험한 곳이면, 늘 그분을 만나게 되는 거예요,

그리고 소박한 집에 풍성한 벽걸이 장식 같았어요,

늙고 연약한 몸 속에 그분의 의지는.

솔즈베리 및 워릭 백작 등장

에드워드 〔요크에게〕 보세요, 아버님, 두 분 모두 오십니다―

요크 가문의 유일한 버팀목들이!

솔즈베리 자, 내 칼에 맹세코, 오늘 잘들 싸우셨어요,

참으로, 우리 모두 그랬지요. 고맙구려 리처드,

내가 얼마를 더 살지 하나님만 아시는 것이고,

그분 뜻으로 오늘 세 번이나

그대가 날 지켜 주었소 임박한 죽음으로부터.

그래요, 여러분, 우린 확보한 게 아니고 지니고 있을 뿐―

우리의 적이 이번에 달아난 것으로는 충분치 않소,

상대는 회복 속도가 매우 빠르니까요.

요크 알고 있소 우리의 안전은 그들을 추적하는 데 있음을,

왜냐면, 듣자 하니, 왕이 런던으로 도주하여

긴급 의회 법정을 소집한다 하오.

그를 추적합시다. 의회 소환장이 발부되기 전에.

어떻겠소, 워릭 경, 그들 뒤를 쫓을까요?

워릭 그들 뒤를요? 아니죠, 가능하면 앞질러 가야죠!

자 내 손에 맹세코, 여러분, 영광스러운 날이었소!

저명한 요크가 거둔 세인트 앨번즈 전투 승리는

다가올 모든 시대에 영원히 기억될 것이오.

북을 치고 나팔을 울려라, 그리고 모두 런던으로,
그리고 이런 날이 우리에게 더 오기를!

화려한 취주. 모두 퇴장

1. 잉글랜드 민족 사극들 : 가장 아름다운 예술작품으로서의 역사

고대 그리스 에스킬로스, 소포클레스, 에우리피데스 '비극'의 '소재'는, 최소한 당대인들에게는, '신화'라기보다 아주 먼 옛날의, 그러나 엄연한 역사였는지 모른다. 위대한 그리스 고전 비극들은, 고대 그리스인들에게, 우리들 개념의 '사극'에 더 가까웠는지 모른다. 더 과감하게 말하자면, 그리스 고전 비극이 여전히 위대한 것은, 역사를 당대적 시각에서 다룬 결과로 그것이 갖추게 된 보편성 때문인지 모른다.

셰익스피어의 문학적 감수성으로 보아, 그런 사정은 셰익스피어도 마찬가지였을지 모른다. 즉, 잉글랜드 역사를 다룬 그의 소위 '사극들'은 그에게 민족사극일 뿐 아니라 시사극이었을지 모른다. 그의 마지막 사극《헨리 8세》의 주인공은 바로 엘리자베스 1세 여왕의 생모를 죽인 엘리자베스 1세 여왕의 아버지였다. 그의 생애 첫 창작 작품은《헨리 6세 2부》.《헨리 8세》가 마지막 작품이니(확신할 수 없으나, 합작설이 나올 정도니 아마 마지막이 맞을 것이다) 그는 평생 동안 '시사=역사'의 틀 자체를 연극-예술화하는 입장이었을지 모르고, 그 입장을 '신세'로 생각했을지 모르고, 그 사극 생애의 '핵심=일상'을 비극의 절정으로 응축하는 동시에 희극의 절정으로 해방시켰던 그의 '정신=예술' 속은 우리 생각보다 훨씬 더 역동적이고 다채로운 것이었을지 모른다.

그러나 역사 현장과 전쟁과 폴스타프가 부딪쳐 작렬하는《헨리 4

세 1부》와 《헨리 4세 2부》만 보더라도, 그의 사극들 또한 틀 자체의 연극-예술화 너머 가장 아름다운 예술 작품으로서 역사에 달하는 과정이었고 갈수록 그 결과였다. 셰익스피어 민족사극들은 전에는 물론 그 후에도 비슷한 사례가 없다. 중세 도덕 막간극이 1547년 무렵 베일의 《존 왕》을 거쳐 생성된 장르가 사극이라고는 하나, 그 《존 왕》은 주인공 말고 다른 등장인물들이 모두 아예 추상들이고 역사는 교훈을 위한 수단일 뿐이고, 1588년 무렵 《존의 골칫거리 통치》에서 추상들이 실제 등장인물들한테 자리를 내주지만, 교훈주의는 여전하다.

자신의 자료를 교훈가나 연대기 작성자가 아닌 극작가로서 다루어 실제 역사를 극화하는 사극 작가는 셰익스피어가 처음이고, (엘리자베스 1세 여왕) 시대 혹은 당대의 공통된 가치와 이상, 그리고 역사관과 세계관으로 거대한 총체를 이루는 그의 위대한 사극 연작에 비견될 만한 것은 다른 어느 나라 문학에도 없다. 그의 사극들이 잉글랜드 역사에 빚진 것이 많은 바로 그만큼, 잉글랜드 역사는 그의 사극들에 빚을 지게 된다.

셰익스피어가 엘리자베스 1세 여왕 시대에 잉글랜드 역사를 만난 것이 문학사상 손꼽히는 행운이라면, 잉글랜드 역사가 셰익스피어를 만난 것은 역사상 손꼽히는 행운이다. 셰익스피어 사극들로 하여 잉글랜드 역사는 세계 어느 나라 역사보다 더 행복한 예술에 달한다. 동시에, 셰익스피어 사극들은, 문학이므로, 셰익스피어 시대를 반영하는 정도를 넘어 셰익스피어 시대의 산물이다. 셰익스피어 사극들 또한, 에스킬로스의 오레스테스 3부작, 소포클레스의 외디푸스 3부작 못지않게, 가족-혈연사고 복수극이지만 그들과 셰익스피어 사이 2천 년이 존 왕과 셰익스피어 사이

3~4백 년으로 응집-심화하면서 '역사-사회-정치적'을 당대-예술화하고, 순식간에 순수문학과 참여문학의 구분이 무의미해지고, 갈수록 민족'주의'가 민족'극예술'로 극복되고, 때때로 혹은 수시로, 중세 기괴가 곧장 현대 기괴로 이어지기도 한다.

셰익스피어 사극들에서는 왕권 강화가 근대화의 다른 이름이다. 역시 사극은 사극이고, 지나간 역사는 지나간 역사였을까? 어쨌거나, 셰익스피어 사극들에는 실제 역사적 사실과 다른 부분이 간간히 눈에 띄는데, 우리가 역사를 인식하고 역사의 대강을 파악하는 데 방해가 될 정도는 아니고, '드라마'를 위해 불가피한 변형이며, 그 강력한 드라마로 하여, 우리의 균형 잡힌 역사 인식에 오히려 더 도움이 된다고 할 수도 있겠다. 드라마가 역사와 똑같기를 바라는 것도 일종의 완고일 테니.

《심벨린》은 보통 비극으로 분류되고, 흔히 셰익스피어의 마지막 비극으로 불리지만, 심벨린은 로마제국 시대 브리튼 왕이고, 《심벨린》은 존 왕부터 헨리 8세 시대까지를 끊기지 않고 담아내는 셰익스피어 잉글랜드 사극들보다 한참 더 앞선 시대에 '동떨어져' 있지만 역사는 전설의, 꿈같은 이야기로 시작되고 사극도 그렇게 시작하는 게 순리다. 그렇다면 그보다 더 앞선 전설 시대 이야기인 《리어왕》은? 시대에 관계없이, 사극들의 프롤로그 역을 맡기에는 너무나 강력하고 걸출한 비극이다.

《심벨린》 2막 3장 '아침의 노래'는 슈베르트가 곡을 붙인 명곡이 전해 오고, 4막 2장 '만가'는 버지니아 울프 소설 《댈러웨이 부인》 주인공 의식의 흐름의 기조를 이룬다.

첫 노래는, 노래가 끝나자마자 웬 막돼먹은 소리? 《심벨린》은 처음부터, 끝나기 직전까지 불안하고, 불안이 불길하다.

브리튼 왕 심벨린의 딸 이너젠이 남모르게 포스튜머스와 결혼하고, 이너젠을 자신의 아들 클로텐과 결혼시키려는 계모 왕비가 그 사실을 일러바치고, 포스튜머스가 추방되는데, 그가 이탈리아에서 아내의 정절을 두고 쟈코모와 내기를 걸고 이길 것을 호언장담 하지만 브리튼으로 건너온 쟈코모가 술수를 부려 이너젠이 잠든 침실에 잠입, 이런저런 가짜 증거를 훔쳐 오고 침실 및 그녀 몸 특징을 설명하니 그걸 철석같이 믿은 포스튜머스는 이너젠에게 자신을 만나러 밀포드 항구로 오라는 편지를 쓰면서 그의 하인 피사니오에게는 오는 도중 그녀를 죽이라고 명한다. 그러나 피사니오는 그녀더러 남장을 하고, 브리튼을 침략 중인 로마 장군 루치우스한테로 가라고 설득하고, 그녀는 오래전 아버지가 추방했던 대신 벨라리어스, 그리고 쫓겨날 당시 벨라리어스가 훔쳐 와 산 동굴에서 키운 두 형제, 즉 그녀의 두 오빠 귀더리어스와 아비레이거스를 만나고, 겁탈을 해서라도 이너젠을 제 것으로 만들려고 그녀를 추적하던 클로텐은 두 형제에게 죽임을 당한다. 몸이 아파 먹은 약이 이너젠을 죽은 듯한 상태에 빠뜨리고 클로텐 시체 곁에 눕혀졌다 깨어나 머리 없는 클로텐 시체를 복장 때문에 포스튜머스 것으로 착각한 이너젠은 루치우스한테로 가고 이어지는 전투에서는 벨라리어스, 귀더리어스와 아비레이거스, 그리고 이탈리아에서 돌아온 포스튜머스의 활약에 크게 힘입어 브리튼인이 대승을 거둔다. 자초지종이 알려지고 온갖 화해와 용서가 이뤄지고, 심벨린은 브리튼과 로마 사이 평화를 위해 로마

황제 아우구스투스에게 조공을 바치겠다 약속하고 모두를 잔치에 초대한다.

'아침노래'는 그 아름다움에 이어지는 클로텐의 막돼먹은 소리가 딱히 음악가 탓은 아니므로 그렇다 치고. 막돼먹은, 그래서 자기들이 죽인, 모가지가 없는 클로텐 시체 옆에 이너젠을 누이며 부르는 아름다운 '만가'라니. 얼핏 《심벨린》은, 마치 《리어 왕》을 해피엔딩 스토리로 바꾸려 어설프게 뜯어 맞추고 땜질한 듯, 어설프고 황당하다. 이탈리아-프랑스-스페인인 혐오가 너무 노골적이다. 그들 대사는 모두 산문이고 이탈리아인들은 모두 악당들이고, 심지어 포스튜머스의 친구 필라리오조차 방관적이지만 그 전에 포스튜머스 대사도 산문이고, 정말 황당한 내기지만, 내기 성립 직후(1막 4장 마지막) 그가 쟈코모와 함께 퇴장하는 것은, 무슨 라스베이거스도 아니고, 정말 드물게 황당하다. 이너젠은 동음이의어 사용의 뉘앙스, '은연중 뉘앙스'보다 조금 더 강하게, 사태에 대한 책임이 있고, 그래서 알게 모르게, 그녀가 포스튜머스-클로텐 육체 혹은 시체를 혼동할 때 우리는 '오죽하겠어' 느낌에 아주 약간 가닿게 되고, 포스튜머스가 아직도 이너젠을 못 알아보고 때리는 장면은 그 '황당=오죽'의 극치고, '기계에서 나온 신' 개념은 이 모든 것의 연극(용어)적 측면이고, 그렇다 하더라도 클로텐이, 그리고 계모 왕비가 너무 싱겁게 죽는다. 등장인물 아닌 작가 자신이, 뭔가 지쳤다는 느낌이랄까.

하지만, 《심벨린》에는 《리어 왕》뿐 아니라 《폭풍우》 연관도 있고, 그 둘이 적절하게 부딪치거나 결합, 불행과 시련 속에서도 미리 안심하는, 섭리가 편안한 경지랄까 하는 것을 언뜻 발할 때가 있고, 그때 이너젠을 '최고의 이상적인 여성'으로 보았던, 적지 않은 사람들의 말에 고개가 끄덕여지는 대목이 있다. 하여, 5막 5장 교수형 집행을 앞둔 포스튜머스와 옥리가 펼치는 죽음 대 웃음은 《맥베스》에서보다 덜 비극적이고, 산문적이지만, 그 산문 효과가 '만년작'적이다. 1925년 현대 의상의 《햄릿》이 커다란 영향을 끼치기 2년 전에 같은 방식의 《심벨린》 공연이 있었다는 것은 시사하는 바가 적지 않다 할 것이다.

《심벨린》을 가장, 셰익스피어의 다른 어떤 작품보다 더 가혹하게 평가한 것은 버나드 쇼. 이미 1896년 이너젠 역을 준비 중이던 엘런 테리에게 《심벨린》이 터무니없는 작품이라고 투덜거리더니 급기야 1937년 그는 이 작품의 마지막 막의 결점들을 겨냥한 희곡 《결말을 바꾼 심벨린》을 발표하기에 이른다. 그리고 다행히, '만가' 첫 두 행은 댈러웨이 부인에게 제1차 세계대전의 악몽을 떠올리는 슬픈 만가이자 위엄을 잃지 않는 심오한 안내의 선언으로 거듭난다. 마지막 두 행은 T. S. 엘리엇 시 《요크셔 테리어에게》에서 거의 차용되고 있다. 스티븐 존다임이 아리스토파네스 《개구리들》을 마구잡이로 차용한 동명 뮤지컬에서는 셰익스피어와 버나드 쇼가 최고의 극작가 타이틀을 거머쥐고 되살아나 세상을 더 낫게 할 것이냐를 놓고 경쟁하는데, 죽음에 대한 자신의 견해를 묻자 셰익스피어는 위 만가를 부르는 걸로 답을 대신한다.

《존 왕》은 크게 ('사자심장왕') 리처드 1세 사후 그 둘째 동생인 존 왕과 그 첫째 동생 아들인 '아서 플랜태저넷' 사이 왕위 계승권(상속)을 둘러싼 합법 및 비합법 투쟁, 거래와 정략이 그 줄거리 골간이다. 《리어 왕》에 비해 문학성은 크게 떨어지면서도, 분명 더 높은 사회구성체가 들어서 있고, 왕권과 귀족 사이 경제적 권력 투쟁에서 귀족이 승리한 결과인 마그나 카르타가, 보이지 않거나 아주 희미하게 언급될 뿐이지만, 엄연히 들어서 있다. (사실, 마그나 카르타가 정치-사회적으로 중요해지는 것은 셰익스피어 사후다.) 입성 문제를 놓고 싸우는 것도, 결국 피비릴 것이지만, 우선은 무슨 거래를 방불케 한다.

조카 아서의 잉글랜드 왕위 계승을 지지하는 프랑스 왕 필립과 오스트리아 공작 연합 세력의 사실상 선전포고를 통보 받은 존 왕은 어머니 일리노어, 그리고 리처드 1세의 사생아 필립과 함께 프랑스를 침공했다가 존의 조카딸 블랑슈와 프랑스 왕세자의 결혼으로 평화가 다시 찾아오지만 교황 사절 팬돌프 추기경이 존 같은 골수 이단자와 평화 협정을 맺으면 파문을 시키겠다고 위협하니 프랑스 왕은 존을 배신하고, 이어진 전투에서 잉글랜드가 승리, 사생아 필립이 오스트리아 공작을 죽이고, 아서는 사로잡혀 잉글랜드로 송환되어 살해당할 위협에 처하고, 아서의 어머니 콘스탄스는 슬픔을 못 이긴 광기에 몸부림치다 죽고, 존 왕의 사주를 받은 수행원 휴버트는 차마 아서의 몸에 손을 대지 못했으나, 아서가 달아나려다 죽음을 맞게 되고, 존 왕이 죽였다고 생각한 솔즈베리 등 많은 귀족들이, 잉글랜드를 침공 중인 프랑스 왕세자 쪽에 합류하고, 존 왕은 현시국 통제권을 사생아 필립에게 넘긴 뒤 수도원으로 물러났다 독살당하고, 프랑스 왕세자의 기만술을 눈치 챈 잉글랜드 귀족들이 속속 다시 충성을 맹세하고, 새로 등극한 존 왕의 아들 헨리 3세를 중심으로 똘똘 뭉친 잉글랜드 앞에 프랑스군이 퇴각하며 막이 내린다.

'사생아' 필립 팰컨브리지는 실제 역사에서 아주 희미하게 언급될 뿐이지만, 셰익스피어는 《존 왕》에서 그를 주저 없이 플랜타저넷가 정통이자 제2의 비조로 세워 자신의 사극들을 사실상 '출발'시키며, 이것은 문학적으로 매우 적절한 출발이고, 이것 말고도 《존 왕》은 실제 역사, 혹은 역사서와 어긋나는 내용들이 꽤 있지만 대부분 그 적절함이 야기시켰거나 적절함 속으로 흡수되는 것들이다.

화려장관 볼거리를 관객들이 좋아했던 빅토리아 여왕 시대에는 가장 자주 공연되는 셰익스피어 작품 중 하나였으나 20세기 들면 《존 왕》은 1915년 이후 브로드웨이 공연이 단 한 번도 없고, 1953~2010년 스트렛포드 셰익스피어 축제 공연이 단 4회에 불과한 신세로 전락하지만, 1945년 피터 브룩이 연출한 공연은 그 의미가 적지 않다.

《리처드 2세》를 온통 수놓는 시는 봉건성을 벗는 부르조아적 아름다움의 탄생 과정이라 해도 과언이 아니고, 특히 5막 5장(폼프릿 성 감옥) 전반부 리처드의, 연주되다 그치는 음악과 어우러진, 자신의 소란스런 죽음 직전 독백은 셰익스피어 전 작품을 통틀어 몇 안 되는 압권 중 하나다.

헨리 3세의 세 아들 모두 왕에 오르니, 에드워드 1세(치세 1272~1307), 에드워드 2세(치세 1307~27), 에드워드 3세(치세 13

27～77)가 그들이고 에드워드 3세는 아들 일곱을 두게 되는데, 첫아들 웨일즈 공 에드워드(1330～1376)가 죽자 그의 아들, 즉 에드워드 3세의 장손이 리처드 2세에 오르고 《리처드 2세》 줄거리는 학정으로 치닫던 그가 에드워드 3세의 넷째 아들인 랭커스터 공작 아들, 즉 사촌 헨리 볼링브루크, 훗날의 헨리 4세에게 밀려나는 잉글랜드 역사의 한 대목이며, 그렇기 때문에 《리처드 2세》, 《헨리 4세 1부》, 《헨리 4세 2부》, 그리고 《헨리 5세》를 4부작으로 보아, '헨리 이야기'라는 뜻의 '헨리아드'라 부르기도 한다.

볼링브루크가 리처드의 삼촌 글로스터 공작 암살 죄로 노포크 공작 토머스 모브레이를 고발하자 모브레이가 볼링브루크를 '가장 위험한 반역자'로 맞고소, 리처드는 두 사람의 결투로 자신의 결백을 입증하라 했다가 마지막 순간 모브레이를 영구히, 그리고 볼링브루크를 10년 동안 잉글랜드에서 추방하라 명하고, 아일랜드 원정 경비를 감당해야 했던 그가 사망한 고온트의 재산, 의당 볼링브루크에게 상속되어야 할 그것을 자신의 삼촌 요크 공작, 그리고 노섬벌랜드 백작의 격렬한 반대에도 불구하고 몰수하니, 후자는 자신의 재산을 되찾겠다는 명분으로 권토중래를 도모하는 볼링브루크 쪽에 합류하고, 리처드는 아일랜드 원정을 떠나고 볼링브루크는 요크셔에 상륙, 노섬벌랜드와 함께 버클리 성으로 진격하고 거기에 리처드의 섭정으로 남겨졌던 요크 공작도 어쩔 수 없이 그들을 받아들이고, 웨일즈에 상륙했으나 기대했던 웨일즈 병력이 뿔뿔이 흩어졌거나 자신의 추종자 그린과 부시를 처형하고 높은 인기를 누리는 볼링브루크 쪽에 가담했다는 것을 알게 된 리처드는 요크 공작 아들 오멀을 데리고 플린트 성으로 피신했다가 거기서 볼링브루크에게 사로잡히고, 볼링브루크는 오로지 자기 재산을 찾으려는 것뿐이라고 강변하지만 볼링브루크 앞에 불려 나온 리처드의 남은 추종자 베이갓이 오멀을 글로스터 공작 살해범으로 지목하고, 볼링브루크가 모브레이 사면령을 내려 오멀과 대질시키려 하지만 모브레이는 베니스에서 이미 죽은 터였고, 불려 나온 리처드가 볼링브루크에게 왕위를 양도하고, 칼라일 주교가 불가함을 주장하다가 노섬벌랜드에게 체포되고, 리처드가 런던탑으로 호송되고, 칼라일 주교와 오멀은 볼링브루크 제거를 도모하고, 리처드는 런던탑 아닌 폼프릿 성으로 가던 도중 왕비와 작별하고, 왕비는 프랑스로 떠나고, 오멀의 음모를 발견한 요크가 서둘러 그것을 알리러 볼링브루크에게 가지만, 그 전에 오멀이 먼저 도착하여 이실직고하며 용서를 구하고, 요크 부인의 간청에 따라 볼링브루크, 헨리 4세가 용서를 하고, 볼링브루크의 명에 따라 리처드는 엑스턴의 피어스 경에게 살해된다.

3막 4장 왕비와 정원사가 나누는 대화는 뛰어난 서정성과 식물의 비유로 리처드 폐위를 예견시키는, 걸작 막간극이다. 마지막 폐위 장면은 엘리자베스 시대에 워낙 민감한 대목이라 검열에 걸렸고, 제임스 1세 왕의 왕권이 안정되고 나서야 비로소 연기 및 인쇄가 가능했고, 에섹스 지지자들의 요청으로 그의 모반 하루 전인 1601년 2월 7일 무대에 올려진, 폐위 장면이 포함된 공연은 말 그대로 역사적인 공연이 되었다.

《헨리 4세》는 '어제의 동지, 오늘의 적'과 치르는 전쟁을 다루는 잉글랜드 사극임이 분명하지만, 동시에, 《1부》는 폴스타프라는 인물을 탄생시키는, 전쟁, 더군다나 내전을 배경으로 더욱 혹심한 희극 걸작이기도 하다. 주인공은 헨리 4세가 아니라 그의 왕세자 해리와 폴스타프 및 그 패거리들이며, 전쟁, 더군다나 내전을 배경으로 더욱, 산문과 운문의, 그리고 산문끼리 쟁패가 파란만장하다. 해리 왕세자는 폴스타프를 날카롭고 효과 있게 공략하지만, 그리고 내용에서 압도적 우위에 있지만 폴스타프는 논리를 넘어서는 희극성의 존재 그 자체고, 5막 3장 해리와, 즉 전쟁 소문이 아닌 전쟁 현실과 직접 마주치는 대목에서 폴스타프의 '코믹'은 일순 나약하여 해리한테 무참하게 '깨'지지만, 그 나약함이 이런 질문을 열기도 한다. 그럴까, 그런가? 그러나 전쟁에서, 죽음 앞에서 용기를 발하는 것이 정말 용기일까, 그건 무지 아닐까? 그거야말로 위선 혹은 비겁 아닐까? 무엇보다, 평화는, 그리고 희극은 유지되어야 하는 것 아닐까?

《2부》는 그에 비해 산문이 무척 지루하고 폴스타프가 잉여 출연인 느낌이 갈수록 강하며, 에필로그 직전 (헨리 5세에 오른) 해리 왕세자가 폴스타프에게 전하는 이별 통고는 그 자체로 적절하지만, 극 전체로 볼 때 너무 늦었고, 너무 늦었으므로 폴스타프의 대응은 희극적이기는 커녕 그냥 비루할 뿐이다. 그리고, 곧 이어지는 에필로그가 다음 작품에서도 그가 등장한다고 예고하지만 《헨리 5세》에는 폴스타프가 나오지 않고, 그의 죽음이 잠깐 언급될 뿐이다. 1부의 퀴클리('재빨리'), 개즈힐('쏘다니는 언덕')에 덧붙여 돌 티어시트('인형 뜯어내고 괜찮은 쪽'), 스네어('올가미'), 팽('독이빨'), 모울디('곰팡이 낀'), 위트('사마귀'), 휘블('연약한'), 불카프('수송아지') 등 우수마발 백성들의 뜻이름들이 많이 나오는 것은, 이름이 굳어지고 족보가 생겨가는 근대, 더군다나 참혹한 전쟁과 혹심한 희극 사이 절묘한 그것이라고나 할까.

《1부》1402년 6월~1403년 7월 핫스퍼, 그의 아버지 노섬벌랜드, 그리고 그의 삼촌 우스터 백작이 핫스퍼 아내인 퍼시 부인의 오빠 모티머 영주, 모티머 부인의 아버지인 오웬 글렌다워, 그리고 더글라스 백작과 합세, 반란을 일으키지만 약속 장소인 슈루즈버리에서 핫스퍼와 실제로 합류한 것은 우스터와 더글라스 뿐, 핫스퍼는 왕세자(웨일즈 공) 해리와의 결투에서 패하여 죽고 우스터는 처형되고 더글라스는 풀려나는데, 왕세자 해리는 평소 폴스타프 패거리들과 어울려 물주 노릇을 해 주고 함께 도둑질도 하고 '멧돼지 머리 여인숙'에서 부왕과의 가상 만남을 꾸며 우스갯거리로 만드는 등 방탕 및 패륜 행각을 부러 벌이다가 3막 2장 부왕과 실제로 만난 자리에서 본심을 드러내며 참회의 눈물을 흘리고, 부자 화해가 이뤄지고, 왕세자의 위용을 갖춰 전장에 나온 터였고, 폴스타프도 슈루즈버리에 있었다.

《2부》1403~13년 스크로우프 대주교, 헤이스팅스 경, 그리고 문장원 총재 토머스 모브레이가 반란을 일으켰다가 술수에 넘어가 스스로 군대를 해산하고 처형당하는데, 운문을 희화화하는 피스톨이 처음 등장하고 폴스타프는 여인숙 여주인 미세스 퀴클리, 창녀 돌 티어시트와 오래 놀아나더니 징병을 한답시고 간 곳에서 만난 시골재판관 로버트 샬로우를 꼬드겨, 왕세자가 자신의 막역 친구인데 곧 왕에 오를 것이고 그러면 좋은 일이 있게 해 주겠다며 천 파운드를 빌리지만, 런던에서 만난 그 왕세자, 헨리 4세가 죽어 헨리 5세에 오른 그의 친구는 면박을 주며 자기 눈앞에서 꺼지라고 말한다.

극중 모티머는 오웬 글렌다워의 딸과 결혼한 에드먼드 모티머(1409년 사망)와, 리처드 2세가 후계자로 인정했던 조카 에드먼드 모티머(1424년 사망)를 합쳐 만든 등장인물. 이 등장인물로 인해 요크 가문 전체가 에드워드 3세의 아들들과 실제 역사보다 한발 더 가깝게 된다.

《헨리 5세》의 압권은 단연, 위 대사의 힘을 받아, 전투를 앞두고 수적으로 완전 열세인 병사의 사기를 정말 극적으로 북돋우는 헨리 5세의 연설(4막 3장). 방백에서 절묘하게 이어져 공연 효과는 더 크다. 젊은 왕이 밤에 변장을 하고 막사를 돌아다니며 불안에 떠는 병사들을 달래고 그들이 자신을 정말 어떻게 생각하는지 살피고, 자신도 그냥 사람일 뿐인데 왕으로서 져야 하는 도덕적 책임에 대해 고뇌한 뒤의 연설인 것을 감안하면 감동은 배가된다. 이것을 따로 '크리스피누스 축일 연설'이라고 부른다.

캔터베리 대주교의 말에 고무되어 프랑스 왕관을 거머쥐기 위해 프랑스 원정을 떠나기 전 헨리 5세는 사우샘튼에서 자신을 암살하려는 케임브리지 백작, 스크로우프 경, 그리고 토머스 그레이 경의 음모를 발견, 이들을 처단하고 아르플레르를 점령, 칼레를 향하다가 아젠쿠르에서 프랑스 대군을 만나지만 크게 승리하며 트르와 조약으로 프랑스 왕의 딸 카트린느와 결혼하는데, 극 초

반, 피스톨과 결혼한 옛 퀴클리가 폴스타프의 죽음을 알리고 피스톨, 바돌프, 그리고 님이 원정대에 참가하지만 바돌프와 님은 약탈죄로 교수형 당하고, 피스톨은 웨일즈인 지휘관 플루얼런을 모욕했다가 그에게 흠씬 얻어맞고 부추 모양 채소 리크를 강제로 먹게 되며, 해리 왕은 플루얼런을 잉글랜드 병사 마이클 윌리엄즈와도 싸우게 만든다.

윌슨(Wilson, John Dover, 1881~1969)은 폴스타프가 《헨리 5세》에 원래 등장할 예정이었으나 켐페가 떠나 마땅한 배우가 없자 폴스타프 대사를 빼고 새로운 에피소드를 집어넣거나 피스톨이 폴스타프 대신 리크를 먹게 한 것이라고 주장한 바 있지만, 어쨌거나, 피스톨의 운문 희화화는 《헨리 5세》에서 아예 거덜 난 운문 차원에 달하고, 님, 바돌프, 피스톨의 코미디는 죽어서도 희극적인 폴스타프 죽음에 무척 심오한 페이소스를 부여한다. 바돌프의 외모는 전쟁-일상의 참상을 희극-역설적으로 강조하고, 아일랜드 방언, 웨일즈 방언, 스코틀랜드 방언의 군인-지휘관들 또한 못지않게 멍청하고, 희극적이다. 해리는 전 작품에서와 마찬가지로 산문과 운문을 모두 구사하지만, 이번에는 서민과 귀족-왕족 모두를 대변하기 위해서며, 헨리 5세의 카트린느 구애는 전부 산문이지만 폴스타프풍 산문은 아니고, 불어 동음이의의 과감한 구사는 귀족 사회 너머 국제(화) 사회를 반영한다. 소년의 죽음은, 미래-비극적이다.

《헨리 6세 1, 2, 3부》의 주인공 헨리 6세(1421~71)는 헨리 5세와 카트린느 사이에 난 유일한 아들로 돌을 맞기 전 1422년 잉글랜드 왕위에 올랐고, 1426년 웨스트민스터에서, 그리고 1431년 파리에서 대관식을 치렀고 1440~41년 이튼 칼리지, 킹스 칼리지, 케임브리지 대학을 잇달아 세웠으며 1445년 앙주의 마가릿과 결혼했는데, 온화하고 참을성 있는 성품이었으나 아버지가 남겨 준 프랑스 유산을 지켜 내거나 잉글랜드 내 랭커스터 가와 요크 가 사이 장미전쟁을 막을 만큼 강하지는 못하더니, 1471년 튜크스베리 전투 이후 피살된다.

《1부》헨리 5세가 죽고 6세가 즉위한다. 잉글랜드인은 프랑스 내 영지를 지키려 하지만 성처녀 잔('창녀이자 마녀')의 활약에 자꾸 밀리고 잉글랜드 군을 이끌며 용감하게 싸워 수차례 승리를 거둔 탈봇도 결국 죽고 잉글랜드 내부에서 호국경 글로스터 공작과 윈체스터 주교 헨리 보포트(훗날 추기경) 사이 알력이 심해지며 템플 정원에서 양쪽이 각각 붉은 장미와 백장미를 뽑아 랭커스터 가와 요크 가 사이 본격적인 장미전쟁의 시작을 알리고, 헨리 6세는 나폴리 왕이자 앙주 공작인 르네의 딸 마가릿과 결혼한다.

《2부》왕이 마가릿과의 결혼 선물로 앙주와 마인을 장인에게 양도한 것에 격렬한 이의를 제기하는 호국경 글로스터에게 마가릿 왕비, 추기경 보포트, 왕비의 연인 서포크, 그리고 요크가 앙심을 품고, 왕을 해코지하는 마법을 썼다는 누명을 씌워 글로스터 공작부인을 추방하더니, 글로스터마저 체포한다. 살인 혐의로 추방된 서포크가 해적들한테 다시 피살되고, 4막 대부분은 잭 케이드의 반란과 죽음의 장. 5막에서 장미전쟁이 시작되어 헨리 왕, 마가릿 왕비, 서머싯 공작과 늙은 클리포드 영주가 랭커스터 편에 서고 워릭 백작과 그 아들 솔즈베리 백작이 요크와 그 아들들을 지지한다. 1455년 세인트 앨번즈 전투가 벌어지고 서머싯 공작과 클리포드 영주가 전사한다.

《3부》 세인트 앨번즈 전투가 끝나고 헨리 6세가 요크를 자신의 왕위 계승자로 하지만 마가릿 왕비는, 아들 클리포드의 후원을 업고 자신의 적통 왕세자 에드워드를 위해 싸움을 계속, 웨이크필드에서 클리포드가 요크의 어린 막내아들 러틀랜드를 죽이고 요크도 사로잡혀 클리포드와 마가릿에게 모멸당한 후 칼에 찔려 죽는다. 하지만 요크의 두 아들, 훗날 에드워드 4세(치세 1461~83)와 리처드, 훗날 리처드 3세(치세 1483~85)가 1461년 타우튼 전투에서 랭커스터 가문을 물리치고, 여기서 클리포드가 살해당하고 헨리 6세가 체포당하고 왕에 오른 에드워드가 엘리자베스 우드빌과 결혼하자 워릭이 마가릿 편에 합류, 헨리를 풀어주고 에드워드를 사로잡지만 에드워드는 달아났다가 헨리를 다시 사로잡고, 1471년 바넷 전투에서 워릭군을 물리치고 워릭을 죽인다. 1471년 튜크스베리 전투에서 랭커스터 가문이 최종적으로 패퇴하고 헨리 6세의 맞아들 에드워드를 칼로 찔러 죽이며, 리처드는 런던탑으로 달려가 헨리 6세를 죽인다.

장미전쟁을 다루면서 특히, 법률용어가 난립한다. 초기작이지만 탈봇의 절규는 리어 왕을 연상시키기에 족하고, 서포크가 마가릿을 '꼬시'는 이야기는, 그에 비하면 더욱, 지루하고 지리멸렬한 코미디지만, 잠깐 동안의 평화 속이라는 것을 감안하면 그럴 법

하기도 하다. 평화란 그런 것이고, 그래서 좋은 거니까. 폴스타프를 뒤집었달까. 그것을 다시 뒤집어 잭 케이드를 그리 심하게 희화화했을까? 서머싯 공작은 헨리 보포트와, 그의 공작 작위를 물려받은 동생 에드먼드를 합친 인물이다.

《리처드 3세》는 기형의 왕이 벌이는, 소름끼칠 정도로 기괴하고 끔찍한 정치의 장이다.

에드워드 4세(1442~1483)는 잉글랜드 최초의 요크 가문 출신 왕으로 1461. 3. 4.~1470. 10. 3 통치 때는 폭력으로 얼룩겼고 잠시 랭커스터 가문에게 밀렸으나 튜크스베리 전투 때 랭커스터 가문을 완전 제압하고 다시 왕위에 오른 뒤 나라를 평화롭게 다스리다가 갑작스레 죽음을 맞은 인물이다. 꼽추 리처드, 훗날 리처드 3세의 맨 처음 독백을 우리는 이 책 맨 앞에서 이미 읽었고 그의 치세는 2년에 불과하다.

에드워드 4세의 임종이 시시각각 다가오고 그의 둘째 동생인 리처드가 왕위를 차지하려면 그와 왕좌 사이 여섯 사람, 에드워드의 두 아들, 즉 왕세자 에드워드와 요크 공작, 그리고 에드워드의 딸 엘리자베스, 리처드의 형인 클래런스, 클래런스의 어린 아들과 어린 딸을 처리해야 한다. 1막에서 리처드는 형 클래런스를 런던탑에 갇히게 만든 다음 다시 손을 써서 죽이는 데 성공하고, 튜크스베리에서 자신의 손으로 직접 죽인 헨리 6세 왕세자 아들 에드워드의 미망인 앤 부인한테 뻔뻔스럽게 구애, 훗날, 놀랍게도, 결혼하는 데 성공한다. 헨리 6세의 미망인 마가릿은 코러스처럼 출몰하며 철천지원수들인 요크 가문 사람들을 저주하는 한편 리처드를 조심하라 경고하고, 에드워드 4세가 죽자 리처드는, 버킹검 공작의 후원을 받으며 왕비파를 공격, 그녀 동생 리버즈 백작과, 그녀가 전 남편 사이에 낳은 아들 그레이 경, 그리고 에드워드의 고명대신 격인 궁내장관 헤이스팅스 경을 죽이고, 에드워드의, 에드워드 5세로 등극이 예정된 왕세자와 왕자 요크 공작을 런던탑에 가두고, 버킹검 공작이 런던 시민을 설득하여 리처드를 왕으로 선포케 하고, 왕에 오른 리처드가 런던탑의 왕세자와 왕자를 암살케 하고, 에드워드의 딸 엘리자베스와는, 자책과 병으로 죽어 가는 아내 앤을 더 빨리 죽게 조치한 후, 결혼하려 계획한다. 클래런스의 딸은 신분이 미비한 신사와 결혼할 것이고, 그의 아들들은 멍청하니 그만하면 되었다. 그런데 왕세자를 죽인 것에 대해 버킹검 공작 마음이 갈팡질팡하고, 리처드가 내치니 버킹검은 헤이스팅스의 친구 스탠리 경의 사위인, 랭커스터 가문의 리치먼드 백작 헨리 튜더, 훗날의 헨리 7세와 합류하려다 사로잡혀 처형되고, 상륙한 헨리 튜더의 군대가 보스워스에서 리처드 군대와 마주친다. 전투 전날 밤 리처드가 죽인 사람들의 유령이 차례차례 나타나 그를 저주하고 그의 패배를 예언하고, 그 예언대로 되고 헨리 튜더가 헨리 7세로 추대된다.

리처드 3세의 찬탈 과정은 속이 빠르고, 헨리 7세 등장 이전까지는 명분도 아름다움도 의리도 비극성도 동반 퇴색하지만, 리처드 3세가 리처드 3세를 기괴하게 여기는 극에 달할 때까지 축적되는 기괴의 과정, 그 기괴의 미학, 즉 기괴의 이미저리와 그럴듯함은, 사례를 찾기 힘들다. 실제 역사에서 마가릿은 장미전쟁 패배 후 그녀 아버지가 몸값을 지불하고 데려갔고 그 뒤 잉글랜드로 돌아오지 않았다.

1955년 올리비에는 자신이 감독 출연한 영화 한 편으로 가장 유명한, 그리고 가장 자주 패러디되는 리처드 3세 배우가 된다. 셰익스피어 《헨리 6세 3부》의 몇몇 장면 및 연설을 시버가 다시 쓴 희곡 '리처드 3세'와 합친 그 영화 대본에는 마가릿 왕비와 요크 공작부인이 아예 없고, 위 리처드의, 유령들의 저주 그 후 독백이 없다. 코미디언 피터 셀러즈는 1965년 비틀즈 음악 특집 TV 방송에서 비틀즈 노래 '고된 하루의 밤'을 올리비에의 리처드 3세 풍으로 읊었고, BBC TV 시튜에이션 코미디 《블랙 애더》 시리즈 첫 에피소드 또한 올리비에 영화를 일부 패러디, '자애로운' 리처드가, 셰익스피어 원작 대사를 망가뜨린다. 이제 우리 달콤한 만족의 여름은 구름 뒤덮인 겨울이 되었다 이 튜더의 구름들이 해냈어…… 2002년 영화 《거리의 왕》은 리처드 3세 이야기를 갱단 풍속도로 녹여 내고, 2011년 영화 《왕의 연설》에는 '이제 우리 불만의 겨울은/ 영광의 여름 되었다 이 요크 가문 태양 아들이 해냈어' 대사를 읊는 리처드 3세 배역 오디션이 나온다.

튜더 가문의 첫 왕 헨리 7세(치세 1485~1509)는 1483년 자신의 맹세를 지켜 1486년 요크의 엘리자베스와 결혼, 요크 가와 랭커스터 가를 통합하는 식으로 튜더 왕가 왕권 기반을 탄탄히 다졌고 그의 사망 후 헨리 8세가 순조롭게 왕위를 이어 받았다.

《헨리 8세》는 지문이 셰익스피어 작품 가운데 가장 정교하며, 도버 윌슨 및 소수를 제외한 셰익스피어 학자들이 존 플레처와 합작인 것으로 여기며, 아마도 셰익스피어가 1막 1장과 2장과 4장, 3막 2장 1∼203행(왕의 퇴장까지), 5막 1장을, 플레처가 프롤로그 및 에필로그를 포함한 나머지를 썼을 것이고, 드라마라기보다는 일련의, 각 개인들이 겪는 재앙이나 사건들의 나열이다. 울시 추기경과의 권력투쟁에서 밀려 대역죄로 고발당하고 재판받고 처형당하는 버킹검 공작, 강제 이혼당하고 끝내 죽음을 맞는 캐서린 왕비, 왕과 결혼하는 앤 불린, 그것을 막으려던 음모가 들통 나 실각하고 역시 죽음을 맞는 울시, 캔터베리 대주교에 임명되었다가 윈체스터 주교 가디너의 탄핵을 받지만 왕이 나서서 위기를 모면시켜 주는 크랜머······ 그리고 마지막은 앤 불린과 헨리 8세 사이 태어난 국왕 장녀 엘리자베스, 훗날 엘리자베스 1세의 세례식을 축하하는 일대 소란이고 장관이다.

2. 셰익스피어 '연극＝생애' 안팎

튜더 왕조 시대부터 지금에 이르기까지 잉글랜드(영국) 왕실은 일을 크게 세 가지로 나누어 고관에게 각각의 책임을 맡기는바, 왕실 제3위 고관인 사마관(司馬官, the Master of the Horse)이 주로 바깥일을, 제2위 고관인 가령(家令, the Lord Steward)이 음식과 음료, 조명 및 난방 따위 지하 일을, 그리고 제1위 고관 궁내장관(the Lord Chamberlin of the Household)은 지상의 모든 일을 담당한다. 군주의 거처, 의상, 여행, 손님 접대,

여흥 등등. '궁내'는 다시 둘로 나뉘는데, 1) 궁내 사실(私室)은 엘리자베스 1세 여왕 시대의 경우 궁내장관, 부장관, 기사 4명, 기사장(Knight-Marshall), 신사 18명, 궁내관(Gentleman-Usher) 4명, 말구종장(Groom-Porter), 말구종 14명, 고기 써는 사람 넷, 술잔 따라 올리는 사람 셋, 재봉사 넷, 수행 기사 종자(Squire to the body) 넷, 2등 궁내관(Yeoman-Usher) 넷, 시동 넷, 전령 넷, 여왕 전속 목사(Clerk of the Closet) 둘, 그리고 많은 귀족 신분 시녀 및 하녀들이, 2) 알현실은 수행 시하인(Esquire of the Body)들과 더 많은 궁내관 및 말구종들이 관리했다.

셰익스피어는, 모든 배우-공동소유주들이 그렇듯, 궁내장관 직속의 말구종 신분이지만, 월급을 받은 것은 아니다. 잔치 및 공연 따위를 담당하는 일이 헨리 7세 때 상설 부서로 격상되고 책임자가 임명되었는데, 직제상 궁내장관 직속이지만 점차 극장 전반에 폭넓고 독립적인 권력을 행사하게 된다. 공공극장에서는 오후 두 시경 공연이 시작되어 두 시간 혹은 두 시간 반 동안 이어졌고, 개인 극장에서는 어차피 인조 조명이 필요했으므로 더 늦게 시작할 수도 있었다. 포스터 따위로 공연 작품을 홍보했고, 트럼펫을 세 번 불어 공연 시작을, 깃발을 달아 공연 중임을 알렸다. 비극일 경우 천정에 검은 커튼을 매달았다. 극장 입구에서 입장료를 거뒀고, 최상층 관람석 입구에서 추가 요금을 받았다. 세 번째 트럼펫 소리가 울리면 프롤로그가 전통적인 검은 복장으로 등장하고 연극이 공연되는데, 공공극장에서는 아마도 중간 휴식이 없었지만, 개인 극장에서는 음악을 위한 중간 휴식이 있었고, 이 전통을 17세기 초 극장들이 변형된 형태로 채택하게 되었을 것이다. 공연이 끝나면 에필로그가 나와 관객에게 박수갈채를 부탁하고, 지그 춤곡이 이어졌다. 관객들이 빠져나가면 배우-극장주들이 거둔 돈을 계산, 최상층 추가 요금의 반을 임대료로 극장주(아마도 자기 자신들)에게 지불하고 고용 배우들에게 급료를 주고 나머지를 자기들이 챙겼다. 역병과 청교도들이 배우들의 최대 적이었다. 런던은 상인과 장인들, 그들의 도제들과 여행자들의 도시였고 도시를 다스리는 것은 런던 시장, 그리고 12개 복장 조합이 선출한 대표들로 구성된 시 자치체였는데, 역병이 돌면 추밀원이 시 자치체 성화에 못 이겨 극장 폐쇄를 명할 밖에 없었고 그러면 런던 배우들은 지방을 순회하며 지역 터줏대감 극단들과 힘겨운 경쟁을 벌여야 했다. 1584년 배우들은 역병으로 인한 사망자가 주 50명을 넘지 않는 한 공연을 허락하는 게 이치에 맞다고 주장했고 시 자치회는 온갖 원인으로 인한 사망자 수가 3주 연속 50을 넘지 않아야 한다고 답했는데, 1607년에는 역병 희생자 수가 30을 넘을 경우, 그 후에는 40을 넘을 경우 자동적으로 극장 문을 닫았을 것이다.

셰익스피어 사극들을 따라 우리는 곧장 셰익스피어 탄생 직전까지 왔다. 피터 홀의 '완전히 다른 사람이 되는 능력'과 '그 능력을 다룰 수 있는 또 다른 능력'은 물론 역사상 가장 민활한 시적 상상력과 연극 기획력, 그리고 극장 운영 수완을 갖춘 예술가 가운데 하나였던 그를 통해 잉글랜드 역사가 응집, 현재화할 뿐 아니라, 예술-미래화한다. 그리고, 첫 작품 《헨리 6세 2부》를 쓰기 시작한 1590년부터 마지막 작품 《헨리 8세》를 마친 1613년까지 이어지는 그의 '연극=생애'는 잉글랜드 역사 이전 그리스 신화(《한여름 밤의 꿈》), B.C. 1천2백 년 무렵 미케네 문명 그리스인들이 10년 동안 벌인 트로이 전쟁(《트로일루스와 크레시다》, 소포클레스(497~406 BC.) 당대인 BC. 491년 무렵 볼스키 족을 이끌고 로마를 공격했으나 아내와 어머니의 간청에 로마를 봐주고, 오히려 볼스키 족한테 죽임을 당하던 초기 로마 공화국 귀족(《코리올라누스》), 에우리피데스(469~399 BC.)와 소크라테스(450~404 BC.) 당대 그리스(《아테네의 타이먼》), 헬레니즘 시대(《페리클레스》), 로마공화국이 제정으로 넘어가던 시절(《줄리어스 시저》, 《안토니와 클레오파트라》), 그리고 플루타르크(46~110) 당대 (《티투스 안드로니쿠스》) 역사까지 응집, 현재화하고, 예술-미래화한다. 그리고 걸작들은 그 응집, 현재화, 예술-미래화를 끊임없이, 갈수록 질 높게 추동하는 동시에 끊임없이 그 추동의 결과물이다.

김정환

1954년 서울 출생. 서울대 영문과를 졸업했다.
1980년 《창작과 비평》에 시 '마포, 강변동네에서' 외 5편을 발표하면서 작품 활동을 시작했다.
시집 《지울 수 없는 노래》 《하나의 이인무와 세 개의 일인무》 《황색예수전》 《회복기》
《좋은 꽃》 《해방 서시》 《우리 노동자》 《기차에 대하여》 《사랑, 피티》 《희망의 나이》
《노래는 푸른 나무 붉은 잎》 《텅 빈 극장》 《순금의 기억》 《김정환 시집 1980-1999》
《해가 뜨다》 《하노이 서울 시편》 《레닌의 노래》 《드러남과 드러냄》 등 20여 권의 시집과,
소설 《파경과 광경》 《세상 속으로》 《그 후》 《사랑의 생애》,
산문집 《발언집》 《고유명사들의 공동체》 《김정환의 할 말 안 할 말》,
평론집 《삶의 시, 해방의 문학》, 음악 교양서 《클래식은 내 친구》 《내 영혼의 음악》,
문학 창작 방법론 《작가 지망생을 위한 창작 강의 일곱 장》,
역사 교양서 《상상하는 한국사》 《20세기를 만든 사람들》 《한국사 오디세이》 등이 있으며,
《더블린 사람들》 《섹익스피어 평전》 등을 번역했다.
2007년 제9회 백석 문학상을 수상했다.

헨리 6세 2부

Copyright©김정환, 2012

첫판 1쇄 펴낸날|2012년 10월 20일
지은이|셰익스피어
옮긴이|김정환
펴낸이|박성규
펴낸곳|도서출판 아침이슬
등록|1999년 1월 9일(제10-1699호)
주소|서울시 은평구 신사동 25-6(122-882)
전화|02)332-6106
팩스|02)322-1740
이메일|21cmdew@hanmail.net
ISBN 978-89-6429-128-3 04840
ISBN 978-89-6429-132-0 (세트)
책값은 뒤표지에 있습니다.

신저작권법에 의해 보호를 받는 저작물이므로 무단전재와 무단복제를 금합니다.